# C'est comme ça, Papa !

*Couverture image Pixabay CCO Public Domain*

Du Même Auteur :

Du Même Auteur :

**L'ENVERS DES CORPS,** Roman

**CODE TATTOO**, Roman

**OFFRE LOGEMENT CONTRE MENUS SERVICES, 3 volumes,** Roman

(Traduit en Anglais sous le titre : **Laura and Mr Solis)**

**LA JOLIE VIE DE MELANIE,** Roman

**DEUXIEME ETAGE, RAYON HOMMES,** Roman

**LE DERNIER FACTEUR,** Roman

**L'ATELIER DES CŒURS EGARES**, Roman

**PAGE BLANCHE,** Roman

**L'AFFAIRE LECLOU,** Roman (série Leclou 1)

**LE SOIGNEUR D'ARBRES**, Roman (série Leclou 2)

**LE CHANT DE LA BAIE,** Roman (série Leclou 3)

**AVANT QU'IL N'EN RESTE RIEN**, Roman (série Leclou 4)

**CEUX DE L'UBAC**, Roman (série Leclou 5)

**OU SCINTILLENT LES ROCHES**, Roman (série Leclou 6)

**FRANCESCA**, Roman

*Il vaut mieux* ***être*** *qu'avoir,*

*Mais sans oublier de* ***faire****.*

# CHAPITRE I

Papa est parti il y a cinq ans et trois jours, maintenant. Que me reste-t-il de lui à présent ? Sa guitare, quelques affaires personnelles, des enregistrements de ses toutes premières performances dans des cafés... Et puis des souvenirs, très forts, et notamment ces vacances estivales, l'année de mes seize ans. Quelques semaines qui me reviennent à l'esprit tous les jours, sans cesse, et qui resteront gravées dans ma mémoire, toute ma vie.

Voici ce qui s'est passé pendant ces vacances.

***

Nous étions à la fin du mois de mai, chez lui, affalés sur le canapé après un délicieux dîner de pâtes pris en tête à tête.

— Dis-donc, Papa, quand j'étais petit, et que je te demandais quel métier tu faisais, tu me répondais que tu étais chanteur. Je l'avais dit à tous mes copains de classe, j'étais trop fier. Pourquoi t'es plus chanteur ?
— Je suis toujours chanteur, Nathan. Je chante tout le temps, j'écris toujours des textes, je fais même des arrangements...
— Tu chantes à la maison, mais un vrai chanteur, c'est quelqu'un qui gagne sa vie en chantant. Ou au moins, un vrai chanteur, il chante devant un public, il fait des concerts, non ? C'est comme un acteur qui ne jouerait pas, ou un écrivain qui n'écrirait pas. On l'est pas si on le fait pas.
— Bon peut-être, mais Angoulême, c'est pas Paris ! On s'est installés là pour le travail de ta mère, parce qu'elle avait une opportunité de s'associer avec un autre avocat, mais où veux-tu que je chante ici ? Tiens, tu reprends du dessert ?
— Non, merci Papa. Ça va.

— Il faut que je te dise quelque chose, Nathan. Ça va pas si bien que ça en vérité.

La semaine et la moitié des vacances, j'étais chez mon père, Fabien, dans notre maison de la périphérie d'Angoulême, et le reste du temps, chez ma mère, Elise. Un peu avant le divorce, qui avait été prononcé un an auparavant, c'est elle qui était partie pour le centre-ville, où elle louait un trois-pièces moderne et pratique, près de son cabinet d'avocate, assez grand pour que j'aie ma propre chambre. Elle gagnait beaucoup plus que lui, qui était commercial en machines agricoles, après avoir déjà exercé plusieurs petits boulots.

— Ah bon ? Qu'est-ce qui va pas ?
— J'ai perdu mon travail. Ils n'ont pas renouvelé mon CDD pour l'été, il n'y a pas assez de taf. Ils me reprendront peut-être en septembre, ils savent pas.
— Mais comment tu vas faire ?
— Comme toujours, je vais chercher autre chose, je sais faire plein de choses : serveur, mécanicien, vendeur, agent de sécurité … Je vais bien trouver.
— Oui bien sûr, je t'aiderai à chercher si tu veux, sur l'ordi.

— Merci Nathan, ça, je veux bien. On va se coucher maintenant ?

Quand ma mère avait appris la nouvelle, elle avait immédiatement paniqué. Elle en avait presque laissé échapper le dossier énorme qu'elle tenait dans ses mains, et l'avait rattrapé de justesse en lançant un juron de camionneur.

— P…… de b….. de m….. ! Mais comment il va faire ? Il doit encore payer pour la maison, et pour sa voiture ! Il est dans le pétrin ! A trente-neuf ans, il n'a toujours pas une place stable, c'est dingue ! Zuuut ! Justement quand, enfin, je pouvais être un peu tranquille !
— Mais Maman, il ne te demande rien. Je pense qu'il ne voulait même pas que je te le dise.
— Eh bien c'est trop tard, maintenant, je le sais. Et je vais m'inquiéter. Zut.

Je n'avais pas trop compris pourquoi mes parents avaient divorcé. Ou plutôt, je n'avais pas compris pourquoi ils s'étaient mariés, vu qu'ils se disputaient tout le temps, depuis toujours. Papa trouvait que Maman travaillait trop et qu'elle devait rentrer plus tôt, être plus présente. Il n'aimait pas qu'elle rencontre plein de gens, des hommes surtout, et qu'elle passe autant de temps avec des inconnus plutôt qu'avec nous. Je crois qu'il était un peu jaloux, et aussi un peu déçu de la vie de couple. Maman ne supportait pas qu'il lui mette des bâtons dans les roues alors qu'elle avait fait des études si longues, et qu'elle adorait son travail.

— Il ne peut pas comprendre, lui, il n'a pas de diplôme. Il ne sait pas ce que c'est de sacrifier sa jeunesse pour les études. Il s'amusait, lui, pendant que je bossais dur.

Sa mère, Mamie Claude, lui donnait raison.

— Bien sûr ma fille, il ne peut pas comprendre, c'est évident.

Moi, pendant ce temps, je me disais que tout ça, c'était bien dommage parce que les fois où ça ne criait pas à la maison, c'était vraiment super bien. On me laissait tranquille, puisque j'étais le seul enfant et que j'étais très sage. Et souvent, j'invitais des copains à manger, à dormir, on faisait des fêtes pour mon anniversaire. Je lisais beaucoup, des BD surtout, je jouais aux jeux vidéo, je dessinais. Je n'étais pas très sportif, mais j'aimais quand même nager, faire du vélo avec mes potes. Mon père préparait les meilleures tartes salées du monde, ma mère adorait ça, et quand elle rentrait assez tôt et qu'on mangeait tous les trois ensemble, en se racontant nos journées, j'étais le plus heureux des enfants. Le week-end, souvent, on allait se promener au bord de la rivière, on se prenait en photo, on jouait au poker ensemble avec des bonbons, ou on faisait du skate, et c'était merveilleux. Même si le dimanche soir finissait souvent sur une engueulade. Alors quand j'avais compris que tout cela, maintenant, c'était terminé, et que mes parents ne seraient plus jamais ensemble, ç'avait quand même été un choc. Pourquoi ça tombait sur moi, qui n'avait pourtant rien fait de mal ?

Mais mon avis n'avait pas l'air d'intéresser quiconque puisqu'on avait soigneusement évité de me le demander. Heureusement, mes copains étaient là pour compatir, et il faut dire qu'une bonne partie d'entre eux avaient déjà vécu la même chose.

— Tu verras, on s'habitue à avoir deux maisons, à la longue. Le plus compliqué, c'est quand les parents se remettent avec quelqu'un d'autre. Alors là … !

Quand Papa n'avait pas de travail, le salaire de Maman nous suffisait et il était encore plus disponible pour moi. C'était lui qui m'avait le plus baigné et couché étant petit, le plus promené, nourri, changé. Il disait souvent qu'il avait dû s'y mettre par obligation, avec même une certaine réticence parfois, mais qu'il avait fini par y trouver de la satisfaction, en voyant le plaisir que j'avais à me sentir propre et repu. Je ne m'en souvenais pas précisément, mais c'était comme des images inconscientes de sa présence chaleureuse qui restaient présentes dans mon esprit.

Je croyais qu'il était chanteur, il m'avait toujours dit ça et je l'entendais chanter du matin au soir à la maison, alors je l'avais cru. Et j'écrivais ça sur mes fiches identité à l'école chaque début d'année : profession de la mère, avocate, profession du père, chanteur. Jusqu'au jour où, vers mes sept ans, je l'avais accompagné au travail parce que Maman devait m'y récupérer exceptionnellement, et j'avais compris. Il n'était pas chanteur, il était vendeur de machines, et il chantait sous sa douche.

Cette fin d'année, je terminais ma seconde avec une assez bonne moyenne, et annonçai à mes parents que j'envisageais des études supérieures dans le domaine de l'informatique. Ils étaient enchantés.

— Au moins, tu es sûr d'avoir toujours du travail. Et puis l'informatique, c'est passionnant, il va y avoir encore beaucoup d'évolution dans ce domaine. Tu peux même te spécialiser dans la cyber-sécurité, ou travailler avec la police ou l'armée.

— Je suis plutôt intéressé par le développement. Mais j'ai encore le temps d'y réfléchir.

Mamie Claude et Papy Maurice, les parents de Maman, étaient fiers de moi. Ils craignaient un peu que je ne suive les traces de mon père et que je me contente d'un bac, sans autre objectif. J'étais leur seul petit-fils, alors ils fondaient beaucoup d'espoir sur moi. En vérité, je n'avais pas à me forcer beaucoup pour les satisfaire, j'aimais étudier et je comptais bien monter en puissance jusqu'au bac, pour intégrer ensuite les meilleures écoles, déjà repérées et classées par ordre d'intérêt personnel dans un cahier à spirales, avec toutes leurs spécificités. Mais pour ne pas blesser mon père, qui avait dû supporter assez longtemps, lors des réunions de famille, les allusions à ses lacunes scolaires, je préférais rester discret sur mes ambitions. L'important, je l'ai appris avec le temps, c'est de ne pas se décevoir soi-même.

Trois jours après l'annonce de la fin du CDD de Papa, il me donna rendez-vous dans un café près de mon lycée, juste après la sortie. Il ne pouvait pas attendre que je rentre, il avait l'air tout excité. A peine assis, il se pencha vers moi.

— J'ai réfléchi, et j'ai quelque chose à te proposer. Tu avais raison.
— Ah bon ?
— Oui, quand tu disais qu'un chanteur, ça chante devant un public... Je vais te montrer que je suis chanteur. Je vais partir deux mois, tout l'été, sur la côte vendéenne, et j'irai chanter dans les bars, les clubs, gratuitement s'il le faut. Et tu vas m'accompagner, tu vas voir que ton père ne t'a pas menti ! On ira aux Sables pour commencer, à l'appartement.
— C'est une super idée. Mais je ne pense pas que Maman voudra que je t'accompagne. Elle a prévu qu'on partirait ensemble trois semaines en Espagne, tu sais bien.
— On va la convaincre, on lui dira juste qu'on part en vacances, sans parler de mon projet de chanter, sinon elle va s'inquiéter de tes fréquentations là-bas. En échange, je lui dirai que tu resteras avec elle pour Noël.

Papa possédait un trois-pièces cuisine aux Sables d'Olonne, qui avait été la propriété de sa grand-mère, puis de ses parents jusqu'à leur décès lorsque j'avais neuf ans. Mamie Jeannette et Papy Robert étaient morts dans un horrible accident de bateau à moteur ; ils avaient heurté violemment un rocher et le bateau avait pris feu. Le choc avait été terrible pour toute la famille. Vivant à La Roche sur Yon, un peu plus dans les terres, ils louaient en été ce logement aux vacanciers car il y avait un accès direct sur la mer, et venaient y passer du temps également, parfois, à la mi saison. Depuis leur triste disparition, c'est nous qui y séjournions, quelques semaines dispersées par an, quand Maman avait des vacances. Papa ne le louait pas, parce que nous n'en avions pas besoin financièrement, et pour qu'il soit disponible pour nous à tout moment. Au moins, cela lui laissait une possibilité de se faire un peu d'argent si nécessaire, compte tenu de sa nouvelle situation. Au pire, il pourrait même le vendre, même si je savais qu'il ne s'y résoudrait qu'en tout dernier recours. Nous n'y étions jamais allés seuls tous les deux.

J'étais surpris et admiratif de cette envie soudaine de passer l'été à courir les cachets sur la côte de son enfance. A présent, il me paraît clair que cette idée d'aller se refaire la main, ou plutôt la voix, là-bas, dans sa région natale, était sûrement une réaction à la déception que je lui avais exprimée quelques jours auparavant. Mais aussi, ce devait être pour lui un besoin de revenir à ses sources. La chanson, la Vendée, ses souvenirs de jeunesse, tout cela lui manquait, et il y avait certainement longtemps qu'il avait envie de les retrouver. S'il semblait si heureux, c'était sans doute de se libérer totalement de tous les carcans qui l'enserraient et l'empêchaient de vivre sa vie.

Quand il avait présenté son idée à Maman, le soir même, elle avait dit non.

— Non, non et non. J'ai prévu de passer mes vacances avec Nathan, j'ai tout organisé pour fêter son anniversaire là-bas et j'ai invité un ou deux amis, on ne change pas comme ça, au dernier moment. Il te rejoindra en août si tu veux, mais en juillet, il reste avec moi. En plus, Mamie et Papy aussi veulent l'avoir un peu avec eux. Et franchement, tu devrais plutôt chercher du travail, non ?

Et puis je lui avais parlé en tête à tête, et elle avait fini par accepter, deux jours après. Papa était aux anges.

— Tu vas voir, ça va être génial. Je connais encore du monde là-bas, plein de vieux copains du lycée, ou de mon ancien groupe de musique, qui tiennent des bars ou des commerces maintenant. Ils vont m'aider à trouver des soirées à animer. Je vais les contacter et répéter tout le mois de juin, pour être prêt, on va déchirer mon fils !

Et en même temps, il me donnait de grands coups de poing dans les épaules, qui me faisaient vaciller, et il se mettait à rire.

— Et puis on va faire du sport aussi, ça nous fera du bien. Je trouve que tu es un peu frêle, il faut t'épaissir maintenant, bientôt seize ans, tu es un homme !
— D'accord Papa, mais je refuse le rugby, hein ! Moi c'est planche à voile ou volley-ball sur la plage. Et tu me laisses au moins deux ou trois heures par jour avec mes ordinateurs.

Papa adorait le rugby, la Formule 1 et les sports de combat, en plus de la musique. Pas vraiment ma tasse de thé, comme disait Mamie Claude. Moi, ce qui me passionnait, c'était l'informatique.

Mes grands-parents maternels étaient très proches de nous, et habitaient aussi à Angoulême, qui était la ville de Maman. Elle avait passé son enfance ici, avec ses frères et sœurs, et était partie seulement quelques mois pendant ses études de droit pour faire un stage à La Roche sur Yon. C'était là qu'elle avait rencontré mon père, alors qu'elle n'avait que vingt-et-un an et lui vingt-deux. Il animait une soirée d'étudiants à laquelle elle assistait, et elle avait craqué pour ce beau chanteur ténébreux, au charme de saltimbanque. Ensuite, ils ne s'étaient plus quittés malgré la distance, et mon père avait fini par venir s'installer à Angoulême où ma mère projetait de s'associer avec un ancien camarade d'université. Elle était déjà enceinte de moi. Alors ils s'étaient mariés, et pour ne pas devenir une charge pour sa femme, mon père avait mis de côté sa vie de bohème pour travailler dans un restaurant de la ville comme serveur. Inutile de vous dire que les parents de Maman avaient vécu l'arrivée brutale de mon père dans la famille dans la douleur, et l'avaient accueilli avec beaucoup de réticence. Puis j'étais né, ce qui avait un peu apaisé les tensions avec la belle-famille, et il avait commencé à enchaîner plusieurs boulots, avec une pause plus ou moins longue entre chaque contrat. Lorsqu'il travaillait, c'était Mamie et Papy qui me gardaient. Comme Maman rentrait très tard, Papa trouvait les soirées longues et lui faisait de plus en plus de reproches, qu'elle prenait très mal. C'est comme ça qu'ils n'avaient jamais réussi à ne pas s'engueuler plus d'une journée et demi, tout au long des quinze années suivantes. Et c'est comme ça que je n'avais pas compris ce qui avait changé récemment pour qu'ils décident de divorcer.

— Ecoute Nathan, tu es grand maintenant. On peut te dire la vérité, ton père et moi, on ne se supporte plus. On va divorcer.

Entre la poire et le fromage, ça ne passe pas très bien, ce genre d'annonce. Ma bouchée de pain était coincée dans le coin gauche de ma joue, à moitié mâchée, et j'étais incapable de la cracher, ni de l'avaler.

— Oui, ta mère veut retrouver son indépendance, elle dit que je la harcèle et que je n'accepte pas sa réussite. C'est faux, je suis très fier, mais elle ne veut pas le croire. Je dis simplement qu'elle devrait rentrer plus tôt le soir.
— Fabien, on ne règle pas nos comptes devant Nathan, il n'a rien à voir avec nos problèmes de couple. Tu ne te rends pas compte que tu te conduis comme un macho de la pire espèce.

Tais-toi s'il te plaît, tu parleras à ton avocat si tu veux.

Papa avait certainement dû parler à son avocat, mais ça n'avait rien changé et quelques jours après, Maman quittait la maison pour s'installer en centre-ville, et me tendait une clé de son nouveau chez-elle.

— Voilà, tu pourras venir autant que tu veux, même en dehors des jours de garde si tu as besoin de me voir. Tu auras tout ce dont tu as besoin en double ici et là-bas. Je serai toujours là pour toi.

Mon père avait beaucoup râlé, tapé sur son punching-ball, et même pleuré en cachette, dans la buanderie où je l'avais surpris en larmes. Mais c'était trop tard, elle était partie pour de bon.

De mon côté, je ne savais pas quoi penser, quoi dire. Ils ne voulaient plus vivre ensemble ? Alors c'était comme ça, on ne pouvait rien y faire, ni moi, ni personne d'autre. Je me sentais concerné, et en même temps pas concerné. C'était un sentiment bizarre, triste et fataliste, mais pas désespéré.

# CHAPITRE II

La fin de l'année scolaire approchait, et en ce début de juin, je n'avais plus de contrôles à passer. Je décidai de terminer mes cours de conduite accompagnée, puisque j'avais déjà obtenu mon code plusieurs mois auparavant et avalé une bonne douzaine d'heures de conduite. Ainsi, je me disais que si Papa avait besoin que je prenne le volant pendant les vacances, après une soirée de chant fatigante ou trop arrosée, ce serait très pratique. Pour lui rendre la surprise qu'il m'avait faite en me proposant de l'accompagner, je décidai de ne rien lui dire et demandai à Maman de garder le secret. C'est elle qui payait les cours, et je pouvais aller facilement à l'auto-école durant la semaine en bus, depuis la maison, ou en sortant du lycée. Je disais à mon père que j'allais voir un ami.

— Dis-donc, ça serait pas plutôt une petite copine ? On me la raconte pas, à moi, j'ai fait pareil à ton âge, je disais à Mamie que j'allais jouer au rugby avec des potes et je retrouvais une copine dans un parc ou un café.
— Non Papa, je vais vraiment voir un ami, je n'ai pas de petite copine.

Il ne me croyait pas mais pourtant c'était vrai. A quinze ans et demi, comme certains de mes camarades, je n'avais jamais seulement embrassé une fille. Mais évidemment, pour lui qui s'était montré précoce dans le domaine, c'était presque incroyable.

— Si tu veux, elle peut venir passer quelques jours aux Sables, avec nous. Il y a suffisamment de place pour trois, et je serai content de la connaître.
— Mais non, Papa, je te dis que je n'ai personne. Arrête.
— Ah bon.

Tous les soirs de la semaine, Papa répétait et préparait son tour de chant. Je n'avais plus beaucoup de cours et j'avançais bien sur la conduite, donc j'étais disponible pour lui donner mon avis, ou même l'aider à réécrire un couplet si nécessaire. Nous nous installions dans le salon où il avait placé tout son matériel afin de reproduire une sorte de mini-studio : guitare dont il jouait sommairement, table de mixage, partitions et textes à travailler. Après avoir dîné d'une de ses merveilleuses tartes salées, vers les vingt heures, nous nous enfermions là jusqu'à minuit, heure à laquelle il m'obligeait à me coucher pour être en forme le lendemain. Je l'entendais cependant depuis ma chambre, qui continuait à brasser ses feuilles de textes, jusque tôt dans la matinée. Le matin, je le retrouvais couché sur le canapé ou sur son lit à peine déshabillé, et je partais en prenant soin de ne pas le réveiller. J'adorais ces soirées laborieuses et joyeuses et j'avais hâte d'être de retour pour recommencer.

Ses chansons m'avaient toujours paru magiques, car c'était les chansons de mon père, mais plus nous avancions ensemble dans ce projet, plus je les trouvais belles, et objectivement, j'étais sûr qu'il avait du talent. Je partage avec vous un extrait de l'une d'entre elles, ma préférée :

*Si le silence te gêne, dans cette chambre*

*Si tu rêves de partir, de t'évader*

*Pour que le bruit des vagues, dans cette chambre*

*Recouvre le silence, habille le vide*

*Alors ferme les yeux, pense à la mer*

*Quand on pense à la mer, on est heureux*

*Sur cette immensité, on est heureux*

*La mer est une chambre, faite de bleu*

Les mélodies, la musique simple mais efficace, complétaient à merveille ces textes poétiques, et je l'imaginais déjà, sur une grande scène, ébloui par les projecteurs, balançant son corps de gauche et de droite comme il le faisait lorsqu'il dansait pour accompagner son refrain, heureux lui aussi, flottant sur une immensité de chaleur humaine.

Pendant ce temps, ma mère se débattait dans une sombre affaire d'escroquerie familiale, dans laquelle une femme avait réussi à se faire épouser par un vieil agriculteur fortuné, qu'elle avait ensuite tenté de tuer à coups de poignard, sans y parvenir. Je n'étais pas censé être au courant de cette histoire, mais comment aurais-je pu échapper chaque week-end aux échanges téléphoniques fréquents qu'elle entretenait avec sa cliente, placée en détention provisoire ? D'un détail à l'autre, recoupant tous les morceaux plus glauques les uns que les autres, j'avais finalement réussi à reconstituer l'histoire dans sa totalité. De plus, je connaissais l'agriculteur en question, dont elle avait laissé échapper le nom, car mon père lui avait vendu plusieurs machines deux ou trois ans auparavant et il était passé à la maison quelques fois en voisin pour le remercier de ses services et, accessoirement, boire un petit coup pour fêter sa rencontre avec la femme de vingt ans sa cadette. Le pauvre homme ne pourrait plus se servir de son bras droit, il était toujours en convalescence.

Mon père et moi avions prévu de quitter Angoulême dès le 1er juillet, afin de ne pas perdre une miette de notre séjour. Il était surexcité parce qu'il avait réussi à retrouver un ancien pote de lycée de la Roche sur Yon, Jonas, qui tenait à présent un café-brasserie aux Sables, et qui lui avait promis de le prendre à l'essai le samedi suivant, pour animer son établissement pendant cette période estivale. Après s'être perdus de vue pendant quelques années, Papa s'était souvenu de ce projet évoqué par son ami lors de leur dernière rencontre, et il m'avait demandé de faire des recherches internet pour le retrouver. J'avais assisté à leur conversation téléphonique distraitement, tout en terminant de mettre au point un petit programme de gestion des listes de courses alimentaires pour ma mère, peu habituée à gérer seule les tâches ménagères et le quotidien de la maison. Les retrouvailles entre les deux anciens potes avaient eu l'air de bien se passer.

— Il semblait enthousiaste, tu sais, il a une clientèle d'habitués, il connaît mon style, il a toujours adoré ce que je faisais. Il m'a dit qu'il serait super content qu'on se retrouve et qu'on travaille ensemble, waouh ! Il va être bluffé par ce que j'ai préparé, c'est sûr !

Papa était bouillonnant, et cela lui donnait des ailes. Sa valise se remplissait à vue d'œil car en plus des affaires de plage et de vacances, il tenait à emporter ses plus beaux costumes de vendeur, pour une présentation impeccable lorsqu'il se produirait. Je l'avais rarement vu aussi fébrile, et c'était une découverte pour moi, qui le considérais tout de même comme un peu nonchalant, surtout en comparaison de ma mère. Du coup, je m'achetai moi aussi un pantalon et une chemise un peu habillés, pour ne pas détonner si je devais l'accompagner pour un essai ou une soirée chic. Je comptais bien emporter aussi une bonne partie de mon matériel informatique, ce qui, en plus de la guitare et des appareils pour la musique, nous donnait l'impression de nous préparer à un déménagement. Nous réussîmes tout de même à tout faire entrer dans la voiture, après avoir rabattu les sièges arrière, et Papa démarra en trombe. J'avais obtenu mon autorisation de conduire deux jours auparavant, et attendis qu'il montre les premiers signes de fatigue pour lui proposer de le remplacer.

— Ça serait bien, Nathan, vraiment. Mais on ne peut pas prendre le risque.
— Sauf que j'ai fini ma formation, regarde, j'ai le papier !
— Quoi ? Mais c'est génial, tu ne m'avais rien dit ?! Tu prends le volant !

Avec Maman, je savais qu'il aurait fallu plusieurs jours pour prouver que j'étais capable de me débrouiller, sur toutes sortes de routes. Elle m'avait interdit de conduire ailleurs que sur des chemins déserts et des parkings pour commencer. Heureusement qu'elle n'était pas là pour me voir enquiller l'autoroute en plein créneau rouge de circulation estivale. Il nous restait soixante kilomètres à parcourir, mais cela nous prendrait certainement encore deux bonnes heures pour parvenir à destination. Je faisais de mon mieux, surveillais la distance de sécurité, les freinages intempestifs, et gérais le passage incessant des vitesses. Mon père était admiratif et me filmait avec son téléphone.

— On la montrera à ta mère, mais seulement dans deux mois, quand on sera rentrés, sinon elle va s'inquiéter.

Enfin, nous arrivâmes aux Sables vers les dix-huit heures trente, après plus de sept heures de voyage pour quelques deux cent soixante kilomètres. J'étais épuisé par la conduite et quelques frayeurs que je m'étais appliqué à dissimuler à mon père, peu impressionné devant mes réactions parfois désordonnées. Je pensais aller directement à l'appartement, mais il m'arrêta.

— Non non, j'ai dit à Jonas que je passerai dès mon arrivée, j'ai très envie de lui faire écouter ma nouvelle chanson, tu sais, l'hommage à Gainsbourg, que je t'ai chantée avant-hier. J'y ai pensé pendant tout le voyage, je sais exactement comment je vais l'interpréter samedi prochain. Tourne à droite, là, je vais te guider.

Après m'être extasié comme à chaque fois que je retrouvais la mer, je me garai près d'une belle brasserie-café, moderne et accueillante, en centre-ville près de l'Eglise Notre Dame de Bon Port. C'était un endroit de choix. La situation était idéale pour attirer un maximum de monde, même si l'établissement, baptisé Le Soleil Rouge, n'avait pas l'avantage de donner sur la mer. Nous nous regardâmes Papa et moi avec envie, imaginant déjà qu'il pourrait chanter en terrasse pour avoir encore plus de spectateurs parmi les nombreux passants. Nous avions établi ensemble sa stratégie : l'objectif de ces deux mois n'était pas de gagner de l'argent, mais d'être vu et entendu comme un vrai professionnel, et de prendre sa place dans le paysage musical local. Plus il y aurait de monde pour découvrir son répertoire, plus il aurait de chances de se faire connaître et apprécier ensuite. En passant entre les tables occupées à l'extérieur par de nombreux couples et groupes d'amis, nous pouvions nous rendre compte de l'éclectisme de la clientèle, comme l'avait indiqué Jonas ; de tous âges, de toutes conditions, diverses origines... Papa entra le premier, un grand sourire aux lèvres, et je le suivis timidement. Je ne fréquentais pas encore beaucoup les cafés et bars, mais plutôt les Kebab ou autres sandwicheries avec mes copains, et je me sentais un peu impressionné. Lorsque mon père aperçut Jonas, derrière le bar, il ouvrit grand les bras et contourna l'obstacle pour aller le rejoindre.

— Nous voilà ! Ah ! Quel plaisir de te revoir, Jonas !

Il le serra contre lui, l'obligeant à opérer un quart de tour du poignet pour ne pas laisser échapper une bouteille déséquilibrée par l'étreinte.

— Salut mon vieux Fabien ! Te voilà ! Et ce beau jeune homme, là, c'est ton fils n'est-ce pas ? Il a bien grandi !
— Et oui, Nathan va avoir seize ans, c'est presque un homme ! C'est lui qui a conduit pour venir. Regarde, comme il me ressemble ! On arrive juste, on n'est même pas passés à l'appartement, on voulait te saluer avant.
— C'est gentil, je sers mes clients et je suis à toi.
— On ne va pas te monopoliser trop longtemps, on va parler de samedi soir si tu veux bien, j'ai vu que tu avais de la place dehors, ça va être parfait ! Je veux absolument te faire écouter ma dernière chanson, tu vas voir, c'est de la bombe !

— J’arrive dans deux minutes, asseyez-vous, Claude va vous servir à boire, vous avez faim ?
— Oui, pourquoi pas ? C’est pas de refus, hein, Nathan ?
— Alors deux plats du jour pour mes amis, Claude ! Fissa !

Nous nous installâmes en terrasse, et on nous servit à chacun une bière. J’aurais largement préféré un jus de fruit, et je ne buvais pas d’alcool, mais mon père insista.

— A ton âge, je buvais déjà depuis longtemps, et regarde ! Je suis en pleine forme ! Ce n’est pas une bière de temps en temps qui te fera du mal, ne t’inquiète pas.

Jonas passait et repassait entre les tables, prenait une commande ici, apportait un plat là, et nous lançait à chaque fois un petit regard complice. Il était très occupé, c’était l’heure du coup de feu et de plus en plus de monde arrivait, remplissant les tables vides. Papa et moi étions bien, il faisait bon, la voiture était garée sur le parking du café, nous n’avions pas de raison d’être pressés. Le plat du jour arriva ; un poisson grillé avec des pommes de terre sautées qui ravit nos papilles.

— Et en plus, il cuisine bien, son cuistot ! Ce Jonas a tout juste, c'est moi qui te le dis, Nathan !

Une fois le plat avalé, on nous offrit un dessert que nous engloutîmes de la même façon. La bière fit passer le tout, et Papa profita d'un passage éclair de Jonas pour lui rappeler qu'il aimerait lui faire écouter un passage de sa chanson, car il voyait bien qu'il serait impossible de monopoliser son attention plus de trente secondes.

— Excuse-moi Fabien mais là, comme tu vois, ça va être encore la folie pour deux ou trois heures avant que ça se calme, alors je te propose de repasser vers vingt-deux heures, ça te va ?
— Ah ok ! Pas de problème, on va rentrer et s'installer, et on revient tout à l'heure, bien sûr Jonas, évidemment, tu as tellement de monde, ça marche super bien dis-donc !
— Oui, je suis content, j'y vais, à tout à l'heure. Le repas, c'est moi qui l'offre.

Nous nous levâmes donc pour le remercier et Papa reprit le volant en direction de l'appartement, situé en bord de mer sur la promenade Georges Godet, à environ un kilomètre de là. Nous déchargeâmes tous les bagages et matériels, ce qui eut pour effet d'épuiser les quelques forces qui me restaient encore après cette longue journée. Je m'affalai sur le lit où je m'endormis presque immédiatement, et n'entendis pas mon père ressortir.

# CHAPITRE III

Je m'éveillai dans la lumière d'une belle matinée d'été ensoleillée. Le temps de réaliser où j'étais, et de me souvenir que je m'étais endormi en rentrant de la brasserie, je compris que mon père avait dû se rendre seul au rendez-vous avec Jonas. Il n'avait pas osé me sortir de mon sommeil. Il était déjà neuf heures trente et je brûlais d'envie de savoir comment l'ami de Papa avait accueilli sa chanson. Je ne doutais pas un seul instant qu'il ait adoré, car la mélodie, tout en rappelant celles de Gainsbourg, était originale et particulièrement accrocheuse. Je me levai en m'étirant, heureux de pouvoir admirer depuis ma chambre cette magnifique vue sur mer qui avait motivé mon arrière-grand-mère à acquérir l'appartement quelques quarante années auparavant, d'après l'histoire familiale. Lorsque je venais ici voir mes grands-parents, étant petit, avec ou sans mon père et ma mère, j'aimais particulièrement imaginer qu'un jour, peut-être, j'y vivrais à mon tour. La plage était immense et superbe, le ciel infini, et j'observais les mouettes pendant des heures, leurs vols gracieux, leur façon de plonger dans l'écume, leurs cris perçants… Le paysage était tellement différent de mon quotidien à Angoulême, c'étaient les vacances par définition.

Dans la cuisine, Papa était déjà debout, en train de faire du café.

— Il faut qu'on aille au supermarché pour les courses, il n'y a pas grand-chose à manger.
— Bonjour Papa ! Désolé, tu aurais dû me réveiller hier soir, j'aurais vraiment aimé t'accompagner ! Alors ? Qu'est-ce qu'il a pensé de ta chanson ?
— Je ne la lui ai pas chantée.
— Ah bon ?
— Il a changé d'avis, il a pris quelqu'un d'autre. Il paraît qu'il pensait que je ne viendrais pas, ou je ne sais pas trop quoi. Bref, nous n'avons pas conclu finalement.

— Mais pourtant, il t'avait promis ! Comment il a pu faire ça, c'est bizarre !? Et puis il avait l'air sympa, il nous a bien reçus et tout …
— C'est comme ça Nathan, tu vois, c'est la vie. On croit pouvoir compter sur quelqu'un qu'on connaît depuis longtemps, et puis en fait, non. Tu verras, ça t'arrivera aussi. C'est pas bien grave, on va aller prendre le petit déjeuner en bas, au salon de thé, et puis on ira faire les courses, et ensuite, à la plage !

J'étais très surpris que mon père prenne les choses aussi bien. Il m'avait parlé de ce Jonas pendant toute la durée du trajet, et j'avais eu l'impression que ce contact de bon augure était ce qui l'avait définitivement convaincu de venir tenter sa chance ici. Et maintenant que l'accord tombait à l'eau, il faisait comme s'il n'en avait rien à faire ! Mais peut-être qu'il avait eu le temps de digérer le mauvais coup, depuis la veille, et décidé de faire bonne figure devant moi, pour ne pas me peiner. Il avait tout de même des cernes sous les yeux et la mine fatiguée, il n'avait pas dû dormir beaucoup.

— Super. Et puis de toute façon, on pourra certainement trouver un autre endroit, ça ne manque pas ici, les bars et les clubs !

Après avoir avalé notre café et enfilé une tenue légère, nous descendîmes prendre notre petit-déjeuner sur la magnifique terrasse du salon de thé que mon arrière-grand-mère fréquentait déjà à l'époque, face à la mer. Beaucoup d'étrangers assez âgés y prenaient leur premier repas de la journée, avant de partir pour une longue marche sur la promenade, ou même sur la plage, les pieds dans l'eau. C'était le meilleur moment, pas trop chaud, presque désert encore. Après le déjeuner de midi, ils laisseraient la place aux familles et aux groupes de jeunes, et ne reviendraient qu'en toute fin d'après-midi, lorsque la température serait un peu descendue.

Les courses faites et le frigo plein, nous n'avions plus qu'à attraper nos serviettes de plage pour notre premier bain de l'année, juste en face de l'appartement.

Le sable était doux, les vagues nous appelaient.

— Aaaah ! La mer ! C'est trop bon !
— Viens Papa, on fait la course jusqu'aux panneaux !

Au bout d'une bonne heure de nage et de jeux, mon père n'en pouvait plus et nous nous affalâmes sur nos serviettes chaudes, pour nous sécher avec délice.

— Dis Papa, on pourrait commencer à chercher dès cet après-midi. On va en centre-ville et on frappe à toutes les portes. On peut même se séparer pour gagner du temps !
— Si tu veux Nathan, ok. On rentre manger et après la sieste, on y va !

Papa dormit plus de deux heures, épuisé sans doute du voyage et de sa mauvaise nuit. Pendant ce temps, je me délectai d'une séance de programmation informatique, discipline nouvelle pour moi, devant la baie vitrée, face à la mer, en compagnie d'un fond musical de choix. J'étais bien décidé à apprendre et découvrir par moi-même des tonnes de choses dans ce domaine pendant les vacances, et pensais peut-être même mettre au point un petit programme de composition musicale pour mon père. Autodidacte comme lui dans son domaine, j'avais la preuve qu'avec de la persévérance et de la passion, on peut devenir un vrai professionnel et se détacher du lot. Il s'installa près de moi pour boire son café et me demanda de lui expliquer ce que je faisais.

— Tu vois, si j'arrive à modéliser tes mélodies sur ce logiciel, là, tu pourras même les programmer sur ton smartphone, et poser ton texte dessus directement, pour tes maquettes.
— Mais c'est génial, ça, Nathan ! Je vais gagner un temps fou ! Je pourrai le faire depuis n'importe quel endroit où je me trouve ?
— C'est ça, dans la rue, dans un parc, là où ça te prend.

Il était émerveillé, comme si j'avais trouvé comment changer le plomb en or, et moi très fier de partager un peu avec lui seul le fruit de ma passion. Puis je lui rappelai qu'il était temps de partir en chasse d'endroits où il pourrait se produire.

— Tu as raison, allons-y !

Il attrapa sa guitare, et nous prîmes la direction du centre-ville, en longeant la promenade du bord de mer. Il y avait déjà beaucoup de monde ce deux juillet, grâce notamment au temps idéal, et parce que c'était dimanche. En plus des vacanciers, les habitants de la région venaient profiter de la plage pour la journée.

Papa ne voulait pas retourner dans le quartier des Halles, pour éviter la brasserie de Jonas.

— Je l'ai encore en travers de la gorge, son mauvais coup ! Je préfère attendre un peu avant de risquer de le croiser. On va rester sur les cafés qui donnent sur la plage, aujourd'hui, ce sera déjà pas mal, il y en a des dizaines.

Effectivement, ce n'est pas cela qui manquait. Les bars, brasseries, clubs, restaurants et autres établissements de restauration ou de distraction en tout genre se succédaient sans discontinuer, ou presque. Je proposai d'aller chacun de notre côté, pour établir un premier contact et tâter le terrain. Et si par chance quelqu'un était ouvert à un essai ou une démonstration, mon père devait immédiatement lui faire écouter un extrait de chanson pour le convaincre, et lui proposer de commencer le soir même. Il fallait saisir les occasions sans perdre de temps.

Je rentrai donc dans un café à l'abord assez sympathique, dans lequel il m'avait semblé avoir déjà vu jouer des groupes lors un précédent séjour.

En ce milieu d'après-midi, les jeunes étant majoritairement sur la plage, il y avait peu de monde à l'intérieur et une personne était occupée à nettoyer les tables et dresser quelques couverts. Je m'approchai, confiant.

— Bonjour Monsieur, je voudrais voir le responsable s'il vous plaît.
— C'est moi, bonjour.
— Voilà, mon père est chanteur et nous souhaiterions vous proposer d'écouter l'un de ses derniers morceaux, pour l'animation de votre café, qu'en dites-vous ? Il pourrait faire un essai gratuitement, pour commencer.
— C'est très gentil, mais j'ai déjà essayé et malheureusement, les habitants du dessus ont porté plainte à cause du bruit, alors j'ai laissé tomber.
— Ah oui !? Bon, tant pis, merci Monsieur.
— Mais essayez le café des Lagunes, un peu plus loin. Ils ont une salle insonorisée, ils font des concerts tous les jeudis soir en juillet.
— Ah, merci beaucoup, Monsieur !

Je courus pour rattraper mon père qui ressortait d'un bar un peu douteux.

— Alors ? Qu'est-ce qu'ils ont dit ?
— Ils ne prennent que des groupes de rock dur, ça n'ira pas.
— Moi, on m'a dit d'aller au café des Lagunes, il doit être un peu plus loin, on y va ensemble ? Il paraît qu'ils font des concerts.
— Ok.

L'établissement était situé un peu en retrait de l'avenue principale, dans une ruelle charmante et calme. Nous entrâmes et aussitôt, une grosse dame se dirigea vers nous.

— Bonjour, je peux vous servir quelque chose ?
— Bonjour Madame, je suis chanteur, je viens vous proposer de faire un essai, je serais disponible tout l'été.
— Ah oui, ça peut m'intéresser, tout dépend de ce que vous faites. On peut écouter ?
— Maintenant ?
— Oui Papa, maintenant !
— D'accord, alors, on se met où ?
— Venez par là, j'ai une salle à l'arrière, il y a tout ce qu'il faut, vous jouez d'un instrument ?

— Oui, de la guitare, et j'ai aussi ma bande-son avec moi.
— Parfait.

Papa s'installa donc au micro, et la grosse dame et moi dans la salle.

— C'est ton père ?
— Oui, c'est ça. Il est d'ici vous savez, il a passé son enfance à la Roche sur Yon et aux Sables.
— Oh vraiment !? Super de l'accompagner comme ça. C'est bien. Allez-y, monsieur, quand vous voulez.

Je lançai la bande-son sur un signe de mon père, qui manqua l'intro.

— C'est pas grave, recommencez, et faut pas vous sentir intimidé, il n'y a que nous ici !

Je relançai, et cette fois, il démarra au quart de tour, et nous fit une de ses plus belles interprétations de son hommage à Gainsbourg. La dame était impressionnée.

— C’est pas mal du tout, c’est de vous ?
— Oui. Je l’ai écrite il y a un mois environ, c’est tout nouveau.
— Parfait, on peut en entendre d’autres ?

Durant environ une demi-heure, Papa déroula une bonne huitaine de ses chansons, pendant que la grosse dame se dandinait avec un plaisir évident. Je me sentais de mieux en mieux, elle allait forcément le prendre.

— C’est super, vraiment. Ok, on vous retient pour jeudi soir, à l’essai. Si ça marche, vous reviendrez un autre jeudi.
— Vraiment ? Merci !

Une fois ressortis du café, je tombai dans ses bras, j’étais ravi, et vraiment très fier. Même si je ne doutais pas de lui, son manque de confiance pouvait parfois saboter ses prestations.

— Tu lui as fait une de ces impressions, elle adorait ! Je suis trop fier de toi !

— Merci Nathan, mais faut pas s'emballer tu sais. Si ça se trouve, les clients vont pas aimer.
— Mais non, c'est pas possible, tu es génial, c'était de la bombe !
— Allez, pour fêter ça, je te paie une glace, on l'a méritée !

Nous avions obtenu un engagement pour le jeudi suivant, avec une grande facilité, et je me sentais soulagé et heureux, car il était manifeste que la qualité des chansons de mon père était son meilleur argument. Evidemment, Papa ne serait pas payé pour ce premier essai, ou très peu, mais ce n'était pas grave, c'était la preuve que sa musique pouvait accrocher dès la première écoute, ce dont je ne doutais pas. Il avait décidé de me montrer qu'il était bien chanteur, on ne pouvait donc pas rêver meilleure opportunité. Le reste ne serait que du bonus. D'ici là, on pouvait profiter des vacances sans complexe.

— On va appeler ta mère, elle risque de s'inquiéter si elle n'a pas de nouvelles. Attention, on ne lui parle pas de mon projet, hein !?
— Bien sûr Papa, je sais. Pas de problème.

Maman s'inquiétait. Elle avait essayé de nous joindre toute la matinée mais sans succès, après avoir réalisé la veille au soir, en rentrant du travail, que nous n'avions pas laissé de message pour confirmer notre arrivée. Nous avions tout simplement oublié, mais elle ne trouvait pas que c'était une excuse suffisante.

— Ecoute Fabien, j'ai accepté que tu prennes Nathan uniquement parce qu'il me l'a demandé avec insistance, mais je n'ai aucune envie qu'il soit livré à lui-même ou que tu l'embarques dans des galères avec toi. Alors s'il te plaît, donne-moi des nouvelles régulièrement ou dis-lui de m'appeler chaque semaine, sinon je viens le chercher. D'ailleurs, je viendrai sûrement vous rejoindre pour un week-end avant de partir en Espagne, c'est trop long deux mois sans le voir, je ne pourrai pas. C'est d'accord ?
— D'accord Elise, si tu veux, mais tu sais, on est bien ensemble, on est tous les deux. On se lève tard, on écoute de la musique, on fait la cuisine, je lui apprends à faire mes tartes, on va à la plage, on fait du sport …
— Moi aussi, j'ai envie d'aller à la plage, alors on dit le week-end du quatorze, ok ?

# CHAPITRE IV

Le fait que Maman veuille absolument venir un week-end bouleversait un peu nos plans, car si nous ne souhaitions pas qu'elle sache ce que nous traficotions ici, il valait mieux la tenir éloignée. Je proposai à Papa de l'emmener pour l'occasion visiter les alentours de la ville, ou même faire une virée à L'Ile-D'yeu pendant qu'il continuerait à vaquer à ses activités. C'était seulement dans deux semaines, nous avions le temps de nous organiser.

En attendant, ce dimanche soir, mon père avait décidé de nous payer le restaurant.

— On va fêter mon succès à venir avec une bonne bouteille et un plateau de fruits de mer ! Qu'est-ce que tu en dis Nathan ?
— La classe !

Confortablement placés en front de mer, nous regardions les passants, jeunes femmes élégantes en sortie, couples amoureux, familles en promenade après le dîner, tout en dégustant nos huîtres. Papa avait absolument tenu à remplir mon verre de vin blanc alors que je lui avais une fois de plus affirmé que je n'aimais pas ça. Je trempais mes lèvres pour lui faire plaisir, mais le goût âpre et sec me gênait et je n'avalais presque rien. Qu'à cela ne tienne, il se chargeait de vider la bouteille en se resservant fréquemment entre bulots et crevettes. Je me disais qu'il se sentait heureux à l'idée de chanter bientôt devant un vrai public, et qu'il avait le droit d'en profiter. Nous étions bien tous les deux, c'est vrai. C'était presque le paradis.

— Demain, je t'emmène faire le tour de la ville, et je te montre tous les endroits que je fréquentais quand j'avais ton âge et qu'on venait passer du temps ici le week-end et certaines vacances, avec Mamie et Papy : là où on se retrouvait avec les copains des Sables, la salle où on jouait de la musique, où on s'entraînait au rugby … Nous ne sommes que tous les deux cette fois, alors j'ai envie que tu connaisses tout ça. Tu vas voir, je suis sûr qu'on va retrouver des gens que je connais, ça sera sympa ! Je t'ai un peu négligé ces derniers temps, avec le divorce, mais je vais me rattraper.

Papa ne parlait jamais du divorce, ou presque, il était d'une pudeur extrême pour tout ce qui concernait ce passage douloureux de sa vie. S'il en touchait un mot ce soir là, c'était certainement parce que c'était très important pour lui de me faire cet aveu. Et aussi un peu parce que l'alcool lui faisait perdre la notion de la réalité.

Le réveil du lendemain fut un peu difficile, le vin blanc tapant fortement sur la tête. De mon côté, je m'en sortais bien mais Papa avait besoin d'un bon café serré pour se remettre. Je lui préparai et m'installai devant mon ordinateur le temps qu'il reprenne ses esprits. J'avais bien avancé sur son programme musical, il me restait quelques heures de travail seulement pour peaufiner les détails avant de le charger sur son smartphone. Avec ça, il pourrait composer partout, sans avoir besoin de trimbaler tout son attirail lourd et encombrant. J'en profitai aussi pour jouer à un jeu de stratégie en réseau, que j'aimais particulièrement parce qu'il me permettait de rentrer en contact avec des joueurs du monde entier, et de perfectionner mon Anglais un peu défaillant. J'en aurais besoin si je voulais devenir un informaticien de premier plan.

Une heure après, il était frais et paré à sortir pour m'emmener sur les traces de sa jeunesse.

— Enfile une bonne paire de chaussures, on va traverser toute la ville !

En cette fin de matinée, nous marchions d'un bon pas en direction du quartier de la piscine du Remblai, à la pointe du centre-ville, près du Casino, en longeant la promenade. Marcher, pour moi, c'était un peu la corvée. J'avais plutôt l'habitude de me déplacer en bus ou en voiture, mais puisque Papa avait décidé de passer du temps avec moi, j'étais prêt à tous les compromis. Le ciel était un peu couvert, mais il faisait bon et des gens faisaient leur footing sur la plage, ou se promenaient tranquillement. Les plus jeunes étaient certainement encore en train de dormir, ou de se réveiller doucement. Arrivés sur place, Papa me fit faire le tour de l'endroit, que je connaissais un peu pour avoir appris à nager là plus de dix ans auparavant. Mais jamais il ne m'avait dit qu'il retrouvait ici ses potes, derrière la piscine, à l'abri des regards, lorsque lui-même avait quinze ans et qu'il était en vacances chez sa grand-mère.

— Avec ma sœur, ta tante Lisa, on n'avait pas beaucoup d'atomes crochus, alors elle préférait aller à la plage avec ses copines, et moi, je venais ici pour voir mes copains des Sables, ceux que je ne fréquentais que pendant les vacances, sauf Franck et Benoît qui étaient aussi de La Roche. On se mettait exactement là, tu vois, contre la barrière, et on restait pendant des heures, on discutait, on parlait rugby, musique, tout ce qui nous intéressait. On évitait le sujet de l'école, on n'aimait pas beaucoup ça, on se voyait plutôt artistes ou sportifs. On parlait beaucoup de filles aussi, beaucoup. Il n'y en avait qu'une dans le groupe, Valérie, un vrai garçon manqué. Elle jouait aussi au rugby d'ailleurs. Je me demande ce qu'elle est devenue. Les autres, c'étaient Paul, Nicolas, François, Daniel, les deux Thomas, Karim, Luc et aussi Matthieu. Je me souviens de tous, et pour certains, je suis resté longtemps en contact avec eux. Ces dernières années, on a un peu perdu le contact et je sais que beaucoup ont quitté la région, mais si je les revoyais, je suis sûr qu'on se retrouverait comme avant.

— Et Jonas ?
— Jonas, lui, c'est pas pareil, je l'ai connu après, quand j'ai commencé à faire de la musique plus sérieusement. J'avais déjà presque dix-huit ans. Mais on s'entendait très bien, et on s'est vu encore bien après, même après ta naissance. Viens, je vais te montrer où j'ai fumé ma première cigarette, avec mon pote Nicolas. On avait treize ans je crois, on a trouvé ça dégueulasse mais on s'est forcés à finir parce que des filles nous regardaient.

Papa me montra un recoin près d'un local technique de la piscine municipale, où les deux gamins s'étaient cachés pour fumer.

— Mamie et Papy, ils ne s'étaient rendu compte de rien ?
— Si, bien sûr, on sentait la clope à deux mètres, mais tu sais … plus on met d'interdits, plus on a envie d'y aller quand on est jeune, alors …
— Ils te manquent, tes parents ?
— Oui, assez. Ça va.
— Mais quand même, tu n'as que trente-neuf ans, et ils sont morts depuis déjà sept ans, ça doit être dur !
— Mon père était sympa, ma mère …

— Quoi ?
— Ma mère, … elle avait beaucoup de qualités.
— Tu dis souvent qu'ils étaient formidables. Je les aimais beaucoup moi, Mamie Jeannette et Papy Robert, ils me manquent.
— Tu les as peu connus. C'est pas si simple. Ma mère … Ecoute, viens, je vais t'emmener là où on jouait avec mon groupe, tu vas voir ça !

Nous prîmes la rue Marcel Garnier pour nous retrouver sur le boulevard Franklin Roosevelt, et après quelques centaines de mètres, Papa me montra un bâtiment commercial sous lequel on pouvait deviner une sorte de cave, reconvertie sans doute en zone de stockage.

— C'est là ! Cet immeuble appartenait à la mairie avant, et le sous-sol était réservé aux activités jeunesse. On avait une salle insonorisée pour la musique, c'était notre coin à nous. Là, on peut pas entrer, mais c'était sur la gauche, en descendant l'escalier. J'ai passé plus de temps ici qu'à la plage à l'époque !
Et si on buvait un coup ici, en face ?
— Ok

Il commençait à faire chaud et soif, et une jolie terrasse nous tendait les bras avec, en prime, une non moins attirante serveuse qui avait tapé dans l'œil de Papa.

— Dis-donc, elle est mignonne, non ? Elle doit avoir à peu près ton âge à un ou deux ans près, qu'est-ce que tu en dis ?
— Je sais pas. Oui.
— Les vacances, c'est fait pour ça aussi ! Des rencontres sympas ! Tu devrais lui proposer de sortir, on n'est pas obligés de rester tout le temps tous les deux.
— J'ai pas trop envie pour l'instant, on verra plus tard. C'est gentil Papa.
— Ohlàlà ! Ce que vous êtes coincés les jeunes, maintenant ! Moi, je te préviens, si je rencontre une jolie femme ici, je ne vais pas me gêner. J'ai bien le droit, même si ça ferait sûrement rager ta mère.
— Maman ? Mais vous n'êtes plus ensemble, vous avez divorcé. Pourquoi ça la gênerait ?
— Parce qu'elle serait peut-être un peu jalouse, quand même.
— Je ne crois pas, Papa.
— Pourquoi tu dis ça ?
— Maman a un amoureux.
— … Ah bon ?

— Oui, ils vont partir en vacances ensemble, là, en Espagne.
— C'est qui ? Tu le connais ?
— Oui, je l'ai vu une ou deux fois, c'est un avocat, lui aussi.

Papa ne disait plus rien, et je voyais bien que le choc l'empêchait de prononcer la moindre parole. Je fis semblant de m'intéresser à la chanson qui passait dans les haut-parleurs du café, pour détourner son attention et nous sortir de la gêne qui s'était installée. Je bafouillai qu'elle était agréable, mais pas tant que celles qu'il avait prévu de chanter jeudi soir chez la grosse dame du café des Lagunes.

— Tu vas répéter d'ici jeudi ?
— Oui bien sûr, je vais répéter.

Ses yeux partirent dans le vide, il n'était plus vraiment avec moi, on peut dire que j'avais cassé l'ambiance. Sans doute l'envie le brûlait-elle à présent, de me poser des questions sur l'homme qui l'avait remplacé auprès de Maman : à quoi ressemblait-il, quel âge, est-ce que je l'appréciais ? Mais il n'osa pas. La vérité, c'était que ma mère voyait cet avocat, Yanis, depuis presque dix mois maintenant, et qu'elle avait essayé plusieurs fois de le faire savoir à Papa, sans y parvenir. Dernièrement, elle avait prévu de le lui présenter au moment où nous devions partir ensemble en Espagne, puisque l'avocat devait nous y accompagner. Elle pensait qu'ainsi, Papa aurait le temps d'encaisser le coup pendant notre absence, et surtout, qu'il n'aurait pas l'occasion de faire de scène. Mais comme je n'allais plus en Espagne avec eux, il fallait bien qu'à un moment quelqu'un le mette au courant, et voilà, l'occasion s'était présentée alors c'était fait, maintenant.

Mais nom d'un chien, c'était dur pour lui, quand même. Et pour moi aussi.

Les deux jours suivants se passèrent en répétitions en sourdine dans l'appartement, séances de plage et de planche à voile, volley-ball sur le sable, petits dîners de tartes salées, et informatique pour moi. Papa continuait d'accuser le choc et je le sentais moins enjoué, moins enthousiaste, mais il faisait de gros efforts pour ne pas laisser paraître sa déception. Nous évitions toujours la rue de la brasserie de Jonas, mais nous étions tout de même tombés, lors d'une séance de volley, sur l'un de ses plus anciens potes, Thomas, qui était revenu s'installer aux Sables après avoir beaucoup bougé, et qui exerçait en tant qu'ophtalmologue, en ville. Ils ne s'étaient plus vus depuis plus de vingt ans, mais s'étaient tout de même reconnus à force d'échanges de ballons.

— Quelle réussite, dis-moi ! Ophtalmo ! Ben dis-donc !
— Oui la médecine, ça m'attirait beaucoup, souviens-toi. J'ai choisi les yeux, c'est propre et net, on ne travaille plus qu'au laser. Et si vous veniez dîner à la maison demain soir ? Je vous présenterai ma femme et mes enfants, qui ont à peu près le même âge que Nathan.
— Oui, pourquoi pas ? Qu'est-ce que tu en dis Nathan ? On n'a rien de prévu demain soir. En revanche, jeudi, je chante au café des Lagunes, tu viendras me voir ?
— Oh avec plaisir, je connais ce café, j'y vais parfois pour écouter leurs groupes ! J'emmènerai la famille pour l'occasion. Je me souviens bien que tu chantais à l'époque, c'est ton métier alors ?
— Disons que j'essaie de me faire connaître.

Voilà qui allait nous distraire un peu de notre quotidien de patachons passant du bermuda vert pomme au maillot de bain, et du match de rugby télévisé à l'écran d'ordinateur. Nous allions devoir nous rendre présentables et aimables pour une soirée dans la société locale.

Il était dix-neuf heures le lendemain soir, et nous hésitions à sortir les costumes que nous avions emportés. Mais tout de même, il ne s'agissait pas d'un dîner mondain, et finalement, nos plus beaux pantalons assortis d'un tee-shirt bien repassé feraient l'affaire. Un joli bouquet, une bouteille de vin, et nous entrâmes chez Thomas, dans une magnifique villa avec vue sur mer. Nous étions un peu embarrassés, car même si l'homme était un ami d'enfance, on ne pouvait pas dire qu'il s'agissait d'un ami proche, puisque le lien avait été rompu pendant de très nombreuses années. De mon côté, j'étais là juste pour accompagner mon père, et éventuellement, profiter d'un bon repas.

— Quelle magnifique maison ! Tu es drôlement bien installé ! Hein, Nathan ?
— C'est vrai, c'est très chouette ici.
— Merci, venez, je vais vous présenter. Voici ma femme, Sonia, et mes filles, Alizée, qui a seize ans, et Floriane, treize ans. Les filles, vous faites visiter la maison et le jardin à nos invités ?

Vingt minutes plus tard, nous étions assis sur la terrasse, près d'un très joli massif de fleurs. Le repas était délicieux, l'ambiance était détendue, et mon père avait l'air de se sentir bien.

— Nous sommes séparés depuis un an, avec la maman de Nathan. C'est la vie, c'est comme ça. Heureusement, quand on a des passions, ça permet de s'en sortir.
— Oui, la chanson, c'est formidable. On viendra te voir demain soir. Je ne veux pas louper ça. Et vous restez ici combien de temps ?
— Deux mois entiers. Mon fils et moi, on est là pour toutes les vacances.
— Alors Alizée ne manquera pas de proposer des sorties à Nathan, elle a un groupe d'amis avec lesquels elle passe du temps à la plage, et ils font aussi du vélo ensemble, qu'est-ce que tu en dis, Nathan ?
— Je n'ai pas de vélo ici.
— On t'en prêtera un, pas de problème.

Lorsque nous quittâmes la belle maison de Thomas, tard dans la soirée, à peine le coin de la rue tourné, Papa se tourna vers moi.

— Ils sont sympas. Et elle est très bien, cette petite Alizée, hein ? C'est chouette, tu vas pouvoir la revoir.

— Oui Papa.

Je n'avais pas envie de discuter encore une fois de ces histoires de filles. Mon père était décidemment désespéré que je n'aie toujours pas de petite amie, et moi, je ne voulais pas en parler avec lui. Et puis, Alizée était très jolie, elle avait certainement déjà un petit copain.

# CHAPITRE V

Le lendemain matin, j'émergeai doucement vers onze heures, et constatai que mon père était déjà sorti. Sans doute allé courir, pour se préparer à cette journée d'échauffement et de répétitions avant sa prestation au café des Lagunes. Je sentais l'excitation monter doucement en moi à l'idée de l'entendre chanter le soir-même devant Thomas et sa famille, et tous les clients du café. Ça allait être fabuleux et je prévoyais évidemment de filmer le spectacle pour conserver le souvenir d'un moment inoubliable. Certain de passer une journée exceptionnelle, je mis un CD de Ben Harper, et déjeunai tranquillement en l'attendant. Pourtant, lorsqu'il rentra, en toute fin de matinée, il ne portait pas sa tenue de sport mais un simple ensemble de tous les jours.

— Bonjour Papa, je croyais que tu étais allé courir, mais tu as fait quoi ?
— J'ai fait une grande balade, j'avais besoin de me détendre. Ça va mieux maintenant, je me sens très en forme.
— Pour ce soir, ne t'inquiète pas, tu vas être formidable. On pourrait aller faire de la planche si tu veux ?
— Bonne idée, on ira en début d'après-midi, et après, hop, en route pour la répétition générale.

Son côté perfectionniste, qui ressortait toujours lorsqu'il s'agissait de chanter, me surprenait à chaque fois. Alors que j'avais toujours entendu ma mère et sa famille le considérer comme un fainéant, pour la musique, il était un bourreau de travail. Il m'expliqua qu'il était passé voir la gérante du café pour lui demander la possibilité d'utiliser la salle en fin de journée afin de se préparer, et évidemment, je l'accompagnerais pour l'aider à régler le son et les lumières, et faire tout ce qu'il fallait pour que ce soit une réussite.

La journée se déroula au mieux, et nous arrivâmes vers les seize heures trente au café des Lagunes. Le tour de chant devait débuter à dix-neuf heures. Pendant une heure et demie, j'écoutai religieusement mon père chanter ses huit chansons, accompagné de sa guitare, et lui indiquai de mon mieux les petits détails qui pouvaient être améliorés. Mais pour moi, l'ensemble était vraiment superbe, et il n'y avait pas grand-chose à corriger, si ce n'est quelques réglages techniques. Après ça, il me demanda de repasser à l'appartement pour me changer et lui prendre son costume bleu. Ainsi, il pouvait continuer de s'échauffer la voix, et il n'aurait plus qu'à se faire beau au dernier moment. Je me dépêchai donc de parcourir le court trajet, pris une douche rapide et revint à dix-huit heures trente au café avec la tenue, les chaussures, et même son peigne et son eau de parfum. Autant faire les choses bien, et mettre toutes les chances de notre côté. Moi-même, j'étrennais ma nouvelle tenue pour ne pas dénoter dans le tableau.

De retour sur place, je lui remis ses affaires, et lui demandai s'il avait toujours besoin de moi.

— Non, Nathan, merci, ça va, je vais me débrouiller pour le reste. Si tu veux, vas voir si

Thomas est arrivé et installe-toi avec eux. A tout à l'heure.
— Bonne chance Papa, t'es formidable !

Effectivement, Thomas et sa famille venaient d'arriver et s'étaient installés à une grande table au beau milieu de la salle. Je les remerciai d'avoir tenu parole et embrassai Alizée et Floriane, ravissantes et tout aussi excitées que moi. Les parents avaient même un peu de mal à les tenir.

— J'ai toujours rêvé de connaître un chanteur en vrai !
— C'est bon, Floriane, tu vas pas crier quand même !
— C'est toi, qui as crié le plus fort, quand on est allés voir Sting ! Hein, c'est vrai ?
— Mais laisse-la dire, Alizée, et ne vous disputez pas toutes les deux. Chut ! Ça devrait commencer bientôt.

Effectivement, les lumières avaient été baissées, pour faire apparaître un halo tamisé sur la scène. Mon cœur battait de plus en plus fort, et je n'osais plus regarder personne ; j'avais le trac pour mon père. Je préparai discrètement mon téléphone pour filmer, en tremblant, et jetai de brefs coups d'œil dans la salle.

Les spectateurs, dont la plupart étaient en petits groupes ou en couple, buvant un verre avant le dîner, semblaient attendre en habitués du lieu la prestation du jeudi soir. Certains avaient le regard déjà tourné vers la scène, signe que le spectacle démarrait à l'heure, en temps normal.

Je commandai un jus de fruits et engageai la conversation avec Alizée.

— Tu aimes quoi, comme genre de musique ?
— J'aime bien Rihanna.
— Moi aussi. Et les anciens chanteurs ? Gainsbourg, Baschung ?
— Je connais pas.

Il était dix-neuf heures quinze à présent, et rien n'avait bougé sur la scène depuis un quart d'heure. Je me demandais pourquoi Papa ne venait pas. Peut-être y avait-il un problème technique. La gérante n'était pas derrière son bar, ni en salle, ils étaient sûrement en train de régler quelque chose tous les deux.

— Ça va commencer ?
— Mais oui Floriane, ça va commencer, bien sûr.

Les gens s'impatientaient à présent. Je terminai mon verre et décidai de retourner en coulisse pour voir ce qui n'allait pas. Lorsque j'arrivai vers ce qui servait de loge, je croisai la gérante, un peu essoufflée.

— Je ne comprends pas, je ne trouve plus votre père. J'ai fait le tour de l'établissement, je suis allée à l'étage, où se trouve mon appartement, en bas, à la cave, il n'est nulle part ! Sa guitare est là, pourtant. Qu'est-ce qui se passe ?
— Je ne sais pas, il était là, je lui ai apporté son costume, je l'ai vu, il était prêt.

A mon tour, je m'inquiétai et me demandai s'il n'avait pas eu envie de fumer une cigarette à l'extérieur, pour se détendre. Je sortis donc et cherchai dans toute la rue, appelai, demandai aux passants s'ils avaient vu un homme en costume, assez grand, cheveux poivre et sel, sortir du café. Mais personne ne l'avait vu. Il avait disparu.

Je ne peux pas décrire l'état de consternation et d'angoisse dans lequel je me trouvai les quelques heures qui suivirent ce malheureux moment de ma vie. La famille de Thomas, la gérante, les clients, tout le monde se demandait ce qu'il se passait, et comment le chanteur avait pu disparaître ainsi en laissant son fils, sans même essayer de le contacter pour donner une explication. De mon côté, j'allai jusqu'à imaginer qu'il s'était peut-être fait enlever ou agresser par quelqu'un aux toilettes ou dans la rue. Il ne pouvait s'agir que de quelque chose de très grave pour qu'il ne se présente pas pour chanter, alors que tout le monde l'attendait. Les clients déçus restaient perplexes, certains pensaient que c'était une blague, d'autres se plaignaient du manque de sérieux du café qui avait annoncé l'artiste comme une des meilleures découvertes de l'été. La gérante n'en finissait plus de s'excuser, elle ne savait pas du tout ce qui était arrivé, ni où son chanteur était passé. Elle me demandait sans cesse si j'avais reçu un message ou si je savais quelque chose. J'étais extrêmement gêné et je me demandais quand il allait enfin apparaître. Je fis un aller-retour à l'appartement pour voir s'il ne s'y trouvait pas, mais il n'y avait personne, ni aucun message. Finalement, au fil du temps qui passait, chacun retourna petit à petit à son verre et ses discussions, ou à la terrasse. D'autres partirent, et vers les vingt-deux heures, comme Papa n'était pas revenu, Thomas me proposa d'aller dormir chez eux pour ne pas rester seul.

— Il va revenir, évidemment, il a dû recevoir un coup de fil, une nouvelle qui l'a obligé à partir rapidement, mais il va revenir. Ne t'inquiète pas, Nathan. Viens, on t'emmène avec nous.

Je refusai de partir avec eux. Evidemment que mon père n'allait pas disparaître définitivement, et qu'il allait revenir au café ou à l'appartement tôt ou tard. Nous n'étions pas dans un film, il s'était passé quelque chose qui l'avait empêché de chanter, quelque chose de sérieux, et d'ici quelques heures, il reviendrait. Je préférais retourner à l'appartement et l'attendre là-bas.

— D'accord Nathan, puisque tu insistes. Mais on te rappelle d'ici deux heures, et on reste en contact jusqu'à demain. Si tu changes d'avis, je viendrai te chercher, même dans la nuit. Et ferme bien ta porte, ton père a sa clé ?
— Oui, il a une clé aussi.
— Tu veux qu'on prévienne ta mère ?
— Non, surtout pas.

Je pris la guitare et ils m'accompagnèrent donc tous les quatre jusqu'à l'appartement, où je les quittai en essayant de paraître rassurant. Mais moi-même, je n'étais pas du tout serein. Intérieurement, j'étais en panique, j'avais très envie de pleurer à présent. Je me rendais compte que mon père m'avait laissé tomber. Seulement, je ne voulais pas le montrer, et je ne voulais pas que son ami ait une image négative de nous. Papa était chanteur, mais il n'était pas un pauvre gars perdu et sans véritable talent, qui avait voulu les impressionner en leur racontant n'importe quoi. Alizée était impressionnée par mon attitude.

— T'as un sacré sang-froid. Moi, j'aurais couru chez la police.

Thomas expliqua à sa fille que dans le cas d'une personne majeure qui disparaît, la police ne fait rien dans l'immédiat. Si l'absence devait se prolonger –ce qui n'arriverait pas pour mon père, il en était sûr-, ils commenceraient à enquêter, vu que le disparu avait tout de même laissé son fils mineur seul et sans nouvelle.

Ils partirent enfin, et je fondis en sanglots, tout en me cachant le visage avec les mains, le temps de monter à l'étage et de refermer la porte derrière moi. Je ne voulais pas que quiconque puisse me voir comme ça, et dire ensuite qu'il s'était passé quelque chose entre mon père et moi, ou qu'il s'était mal conduit.

Heureusement, je n'eus pas longtemps à attendre. A peine mes chaussures neuves enlevées, j'entendis la porte s'ouvrir et me tournai vers l'entrée. C'était bien lui, un peu débraillé, les cheveux en l'air, mais en costume et apparemment en bonne forme malgré son teint livide. Je me jetai dans ses bras.

— Papa ! Mais tu m'as fait peur ! Tu étais où !?
— C'est rien, Nathan, j'étais malade.
— Malade ?
— Oui, j'avais envie de vomir, je crois que j'ai attrapé une méchante gastro, je ne pouvais absolument pas rester au café, tu comprends ?
— Mais enfin, tout le monde t'attendait ! Tu aurais pu me prévenir !
— Je te dis que j'avais envie de vomir, je suis allé sur la plage, dans un coin, et ça a duré plusieurs heures, je ne pouvais rien faire, désolé.

Il se dirigea vers sa chambre et s'affala sur son lit.

— Tu peux m'apporter un verre d'eau, Nathan ? Tu as mangé ?

— Non Papa, je viens de rentrer. Thomas m'a accompagné jusqu'ici, il s'inquiétait, comme tout le monde là-bas, il voulait que je dorme chez lui. Je vais le prévenir que tu es là.

— Vraiment, désolé mon fils. Je ne pouvais pas prévoir ça. C'est sûrement les crevettes de midi qui n'étaient pas fraîches, tu as bien fait de ne pas en manger. Prépare-toi un bon sandwich au poulet, il est dans le frigo.

— Quel dommage, vraiment ! Mais pourquoi tu ne m'as pas appelé pour me prévenir ?

— Je suis parti tellement vite que j'ai laissé mon portable et mes affaires au café. Je n'avais aucun moyen de te laisser un message, excuse-moi. Je vais dormir maintenant, ça ira mieux demain.

Je laissai mon père se reposer et me couchai moi aussi après avoir mangé et envoyé un message à Thomas, rassuré et épuisé. Nous n'aurions plus qu'à repasser voir la gérante le lendemain pour tout lui expliquer et récupérer les affaires de Papa. Je n'avais même pas pensé à vérifier avant de quitter l'établissement si elles y étaient toujours, tellement j'avais été sonné.

Le lendemain, nous nous éveillâmes difficilement tous les deux, la tête en vrac. Pour un acte manqué, ç'avait été un sacré loupé. Mais j'avais eu tellement peur pour mon père que j'étais finalement heureux qu'il ne lui soit rien arrivé. Le reste n'était pas si grave.

Après un petit déjeuner léger, nous devions nous rendre au café des Lagunes mais au dernier moment, mon père m'expliqua qu'il préférait y aller seul.

— Je n'ai pas envie que tu supportes les reproches, si jamais elle m'en veut. Je préfère assumer tout cela seul, tu comprends ?

Je comprenais, même si j'aurais bien aimé le soutenir, au besoin. Je restai donc à l'appartement pour l'attendre.

Lorsqu'il revint, une bonne demi-heure après, il semblait serein.

— Je lui ai expliqué, elle a été sympa. Mais pour l'instant, elle préfère ne pas renouveler l'expérience avec moi, parce qu'elle a quand même dû rattraper le coup avec ses clients. Je lui ai dit que je comprenais très bien.

— Oh zut ! C’était quand même l’endroit idéal !
— C’est pas grave, on en trouvera un autre, c’est pas ce qui manque ici.

# CHAPITRE VI

Le week-end se passa calmement, entre jeux de plage et repos. Nous nous remettions de nos émotions tout doucement. J'appelai aussi Maman pour lui confirmer que tout allait bien. Evidemment, il était hors de question de lui dire quoi que ce soit sur ce qui venait d'arriver. Elle n'aurait pas pu comprendre, et elle aurait débarqué aussitôt pour me récupérer en traitant mon père d'irresponsable. Je fis donc comme s'il n'y avait rien de spécial.

— Ton père est à côté de toi ?
— Non, il est sous la douche.

— Alors dis-moi, tout va bien ? Ça sera pas trop long ces vacances ? Papa fait attention à toi ?

— T'inquiète pas, Maman, on est super bien, on passe des super vacances.

— De toute façon, je viens bientôt, tu te souviens ? J'arriverai vendredi soir.

— Oui, on ira se balader tous les deux. Au fait, je lui ai dit. Pour Yanis.

— Ah bon ? Je voulais le faire le week-end prochain justement. Qu'est-ce qu'il a dit ?

— Il était un peu … triste, je crois. Mais bon c'est passé. C'était la surprise.

— En tout cas, je voudrais bien qu'on mange au moins un soir tous les trois ensemble, quand je viendrai. Dis-lui de prévoir ça s'il te plaît.

— Ok Maman, je te laisse, on va sortir.

Ce dimanche soir là, pendant que nous marchions tous les deux sur la plage, Papa et moi essayions de mettre au point une nouvelle stratégie pour trouver un autre endroit où il puisse chanter.

— Et si on s'adressait à la mairie ? Ils doivent pouvoir nous renseigner sur tous les endroits où on fait de la musique, même en dehors des Sables. On n'est pas obligés de rester sur cette ville, on peut ratisser la côte.

— Tu as raison, Nathan, on va passer les voir demain.

Le lendemain matin, j'allumai mon portable au réveil, et vis que j'avais un message d'Alizée.

« *On va faire du vélo sur la Route Bleue avec mes potes aujourd'hui. Si ça t'intéresse, rendez-vous chez moi à quinze heures. Alizée* »

Je ne savais pas trop si j'avais envie ou pas de me retrouver avec un groupe de jeunes que je ne connaissais pas du tout, et de laisser mon père seul, mais il insista pour que j'accepte.

— C'est génial, ça ! C'est comme ça qu'on passe les meilleures vacances, quand on rencontre d'autres jeunes à l'improviste, tu verras ! Moi, j'ai ma sieste, et puis je dois répéter encore, pour la suite. Je te conduirai chez Thomas. Tu vois, elle t'apprécie, la petite Alizée.
— D'accord, mais avant, je t'accompagne à la mairie.

A l'accueil, on nous indiqua tous les endroits connus aux Sables où l'on jouait de la musique pendant l'été, et même un mini-festival mobile qui devait se déplacer entre Saint Jean de Monts et La Rochelle, et qu'il était peut-être encore possible de rejoindre pour quelques dates. C'était à voir avec les organisateurs, dont on nous remit les coordonnées. Mon père appela aussitôt.

— Bonjour, je suis auteur-interprète, je souhaiterais savoir s'il est possible de chanter sur votre festival. Je suis disponible tout l'été.

La personne prit ses coordonnées, et répondit qu'il allait voir avec le planning, et qu'il rappellerait.

— Je vais aussi reprendre le tour des cafés ici, cet après-midi. Je trouverai bien un endroit.
— C'est sûr Papa, pense bien à faire écouter ta dernière chanson. Avec ça, on te prend, c'est sûr.

Pour compléter les courses du jour, je devais passer au marché des Halles centrales et acheter du poisson frais. Papa reprit donc la direction de l'appartement pendant que j'allais vers le centre-ville d'un pas rapide, car j'avais confirmé à Alizée que je serais bien chez elle à quinze heures et il était déjà presque treize heures. On mangeait tard, en vacances. Alors que j'arrivais dans la rue des Halles, je reconnus tout à coup sur le trottoir d'en face l'ami de Papa, Jonas, qui sortait de la boulangerie. Nos regards se croisèrent et il me fit un signe pour que je vienne vers lui. Je m'approchai donc, et le saluai.

— Bonjour Nathan ! Comment va ton père ?
— Très bien, merci.
— Il pense venir chanter bientôt ?
— Comment ça ?
— Eh oui, je l'attends, j'en ai parlé à mes clients, ils veulent l'entendre maintenant !
— Mais je croyais que vous aviez pris quelqu'un d'autre ?
— Ah non, pas du tout. Il m'a dit que finalement, il avait besoin de répéter encore, mais il faut qu'il se lance, là ! Je suis sûr que c'est parfait.
— D'accord. Merci.

Je poursuivis mon chemin, perplexe. Pourquoi Jonas avait-il l'air de dire qu'il n'avait pas eu l'intention de prendre quelqu'un d'autre ? Il semblait tout à fait impatient que Papa chante chez lui. Est-ce que j'avais mal compris ? En tout cas, il l'attendait, alors ce serait une bonne surprise de lui rapporter cette nouvelle. Enthousiaste, je pris deux très belles soles, ravi de ce retournement de situation. Depuis que nous étions arrivés aux Sables, nous mangions presque tous les jours du poisson frais et j'avais appris à le préparer moi-même, grâce aux conseils de mon père qui se débrouillait plutôt bien en cuisine. Je commençais à me sentir de plus en plus autonome, et j'avais hâte de fêter mes seize ans d'ici quelques jours, le vingt-quatre juillet. Pour l'occasion, Papa m'avait dit qu'il allait me faire un très beau cadeau, et je me demandais ce que cela pouvait être.

J'entrai dans l'appartement et cherchai immédiatement mon père pour lui dire que Jonas voulait bien qu'il chante chez lui. Il était en train de préparer une lessive, et parut très étonné.

— Mais … tu l'as vu ?
— Oui, je l'ai croisé près des Halles. Il m'a dit qu'il t'attendait. Vous avez dû mal vous comprendre, il n'a pas pris quelqu'un d'autre.
— Non mais vraiment, il ne sait pas ce qu'il veut, celui-là. Il débloque !
— Pourtant, je t'assure, il avait l'air de dire que ses clients étaient impatients de t'entendre. Tu devrais aller le voir.
— Je verrai. Il ne me fera pas le coup deux fois en tout cas.

Papa était toujours un peu remonté contre son ami, mais je me dis qu'il finirait bien par retourner le voir. C'était quand même stupide de rester sur cette déception, étant donné l'enthousiasme dont Jonas avait fait preuve le matin même. Je me permis donc d'insister un peu.

— Tu pourrais y aller en revenant de chez Thomas, comme ça tu seras sûr. Vous allez vous expliquer, c'est trop bête.
— Tu as raison, Nathan.

Lorsque nous arrivâmes chez Thomas, celui-ci proposa à Papa de rester boire un café, pendant qu'Alizée me montrait le vélo qu'elle avait sorti pour moi. Il fallait le régler à ma taille, mais sinon, il était plutôt pas mal.

— Il a l'air d'aller beaucoup mieux ton père. Ça, c'est le vélo de mon oncle, mais il ne l'utilise pas beaucoup, il préfère courir. Alors il nous laisse l'utiliser. Tu viens, on y va, ils vont nous attendre, les autres.

Alizée portait une très jolie robe à bretelles, qui volait de chaque côté de son vélo comme un papillon. Elle avait de belles jambes, et ses cheveux étaient attachés en queue de cheval basse. Je roulais derrière elle, et je pouvais voir les muscles de ses mollets se contracter à chaque fois qu'elle appuyait sur la pédale. Mon copain Matthieu aurait dit qu'elle était « bonne », s'il avait pu voir le spectacle. Moi, je n'aimais pas du tout cette expression, même s'il faut dire qu'à presque seize ans, pour la plupart des garçons, la principale préoccupation, c'est tout de même les filles, ces étranges créatures, attirantes par le simple fait qu'elles ne sont pas comme eux. D'ailleurs, nous arrivions sur la Route Bleue, et je voyais déjà un groupe d'une dizaine de filles et de garçons qui s'amusaient à se balancer de l'eau en bouteille, en courant dans tous les sens pour échapper au trempage. Alizée me conduisit auprès d'eux et nous déposâmes nos vélos près des autres, sur le trottoir.

— Les gars, je vous présente Nathan. C'est le fils d'un pote de mon père, le chanteur dont je vous ai parlé.

— Salut ! Trop classe, d'avoir un père chanteur !

Les cinq garçons vinrent me taper dans la main, et les filles m'embrassèrent en me donnant chacune leur prénom, que j'oubliai au fur et à mesure car ils finissaient tous en « ie ». Chacun enfourcha ensuite sa monture et le groupe démarra en direction de la pointe, vers l'église Saint Nicolas de la Chaume, par la Corniche du Nouch, un endroit que nous aimions aussi fréquenter Papa, Maman et moi, lors de nos vacances en famille, avant. Le vent soufflait plus fort et c'était de plus en plus difficile d'avancer car nous l'avions de face, ce qui causait des fous rires en cascade dans le groupe. J'essayai de deviner lequel des garçons pouvait être le petit ami d'Alizée. Peut-être celui en short bleu clair et casquette assortie, car ils avaient l'air assez complice. Arrivés devant l'église, tout le monde s'arrêta et s'installa par terre dans un coin herbeux, face à la mer et au Petit Phare. Certains sortirent des cigarettes, d'autres des bières, ou des bonbons. Deux couples se formèrent, assis en tailleur l'un contre l'autre, et les autres s'assirent en demi-cercle, dans lequel je me glissai, près d'Alizée qui, finalement, ne chercha pas à se rapprocher du short bleu. Elle se pencha même un peu vers moi.

— Tu veux une cigarette ?
— Non merci, je ne fume pas.
— Tu as bien raison, je suis comme toi. C'est beau ici, hein ?

— Oui, j'adore.
— Il a l'air sympa, ton père. Mais ta mère, tu vas pas en vacances avec elle ?
— C'est exceptionnel cette année, mon père voulait chanter ici et on a décidé ça ensemble.
— Ah oui, c'est dommage, pour l'autre soir. Il va y retourner ?
— Sûrement, dans un autre café. Le propriétaire le demande.
— Il chante bien ?
— Super bien, il est très bon.
— C'est la classe. C'est pas trop difficile, le divorce ? Moi, mes parents se disputent, des fois. J'ai toujours peur qu'ils se séparent.
— Non, ça veut rien dire. Le jour où ils se séparent, tu sais même pas pourquoi, tu vois rien venir et c'est pas forcément parce qu'ils se disputent.
— Tu vas bientôt avoir seize ans ?
— Oui, le vingt-quatre.

Le temps passa sans que nous nous en rendîmes compte, plusieurs heures à discuter, rigoler, boire, fumer pour certains, s'arroser d'eau et regarder la mer. Je me faisais discret, mais le groupe était sympathique et les garçons intéressants, et petit à petit, je me sentais de plus en plus à l'aise. Vers les dix-neuf heures, Alizée lança aux autres qu'on allait rentrer, et ils se préparèrent tous à partir aussi, sauf un couple qui voulait rester encore un peu.

— Ces deux-là, on ne peut plus les décoller. Ils sont ensemble depuis quinze jours, c'est le grand amour !

Nous arrivâmes, Alizée et moi, chez elle, en faisant des zigzags sur nos vélos et en riant. Je fus surpris de voir que la voiture de mon père était toujours là. Ils étaient installés, les parents et lui, dans le jardin, en train de boire l'apéritif.

— Tu n'es pas rentré Papa ?
— Non, tu vois, on a discuté tout l'après-midi, et vous, c'était bien ?
— Super.
— Vous allez dîner avec nous, ça nous fait plaisir.

Je jetai un coup d'œil vers Alizée, elle semblait contente que nous restions. Après tout, on était bien ici, c'est vrai. Elle me proposa d'aller faire une partie de ping-pong en attendant que le repas soit prêt.

Plus tard, sur le chemin du retour, mon père ne put s'empêcher de me questionner.

— Vous avez l'air de bien vous entendre, tous les deux, avec Alizée ! Tu vois, je te l'avais dit.
— Oui Papa, elle est très sympa et ses copains aussi, c'est chouette. Je vais peut-être les retrouver demain, elle me l'a proposé.
— Génial.
— Mais toi, tu n'es pas allé voir Jonas ?
— Non, il n'y a pas le feu.
— Tu iras demain ?
— Je verrai, peut-être.
— Mais enfin, Papa, c'est une opportunité !
— Je ne sais pas, je dois réfléchir.

Je ne comprenais pas l'attitude de mon père. Nous étions venus ici pour qu'il chante, c'est lui qui avait pris l'initiative, et il avait travaillé d'arrache-pied pour ça. Alors pourquoi avais-je cette impression bizarre, depuis quelques jours, qu'il faisait marche arrière ? Comme s'il avait changé d'avis, que quelque chose le retenait. Qu'est-ce qui s'était passé entre-temps ? Je cherchais mais je ne voyais pas. Etait-ce le fait de savoir que Maman avait quelqu'un d'autre, qui l'avait contrarié à ce point ?

# CHAPITRE VII

Le lendemain, en allant chercher du pain, je décidai de passer voir la gérante du café des Lagunes, histoire de me faire une idée, sans en parler à mon père. J'inventai qu'il avait perdu sa veste, et lui demandai si elle l'avait retrouvée quelque part.

— Une veste ? Non, je n'ai pas trouvé de veste.
— Bon d'accord, il a dû la perdre ailleurs.
— Il va bien votre Papa ? Il est remis ?
— Oui, très bien. Il est en pleine forme, il avait dû manger quelque chose qui n'est pas bien passé.
— Alors il peut venir maintenant ? Jeudi ?
— Vous le prendriez ?

— C’est ce que je lui ai dit, il vient quand il veut, j’aime son répertoire, il est bon.

Une fois de plus, les paroles rapportées par mon père ne correspondaient pas à la réalité. Je commençais à me demander sérieusement s’il m’avait raconté des histoires, et surtout pourquoi. Quel intérêt aurait-il de passer pour celui dont on ne veut plus ? Je rentrai et tentai d’en savoir plus.

— Dis-donc, Papa, tu veux qu’on aille ensemble voir Jonas, et qu’on passe au café des Lagunes ? La gérante a peut-être changé d’avis ?
— Ça m’étonnerait.
— Bon écoute, on est venus ici pour que tu chantes, non ?
— Oui, mais ça ne dépend pas de moi, Nathan.
— Je me pose la question.
— Ça veut dire quoi ?
— On dirait que c’est toi qui ne veux plus chanter.
— Mais non, bien sûr. Je t’ai dit que c’est eux qui ne veulent plus que je vienne.
— Mais ils m’ont dit le contraire.
— Tu as vu aussi la gérante du café des Lagunes ?
— Oui, ce matin. Elle te propose de chanter jeudi.

— Décidemment ! Est-ce que tu peux me laisser mener mes affaires tout seul, maintenant, s'il te plaît ?
— Pourquoi ? On avait bien prévu de tout faire ensemble.
— Va donc avec les amis de ton âge, et laisse-moi faire comme je veux.
— Si c'est ça, c'est pas la peine qu'on reste ici tous les deux pendant encore un mois et demi.
— Et bien d'accord, alors ! On part, je vais faire mes valises.

Ce n'étaient pas des paroles en l'air, lancées de façon légère, contrairement à ce que je pensai d'abord. Sans aucune autre explication, mon père se dirigea vers la chambre, sortit les valises et commença à ranger ses affaires dedans. Après quelques secondes où je restai figé, je m'approchai, déstabilisé par sa réaction soudaine. Il ne parlait plus, il criait presque, ce qui m'effraya.

— Qu'est-ce que tu fais ?
— Je t'ai dit qu'on partait. Tu as tout à fait raison, je ne suis pas capable, je ne sais rien faire de toute façon. Donc, ça sert à rien de rester ici, fais tes valises !
— N'importe quoi, j'ai pas dit ça …

— On s’en va, un point c’est tout. On rentre.

Il continua à ramasser tout ce qui traînait : les affaires sales, les brosses à dent, les livres, et à rassembler son matériel de musique, en grommelant.

— Ta mère avait raison, c’était une très mauvaise idée, ces vacances. Je ne sais pas ce qui m’a pris, puisque je ne suis pas chanteur. Vous aviez tous raison ! Et ses parents aussi, qui me prennent pour un con depuis le début !

Il était furieux, et perdait complètement le contrôle, comme si tout à coup, sa vidange intérieure s’était déclenchée. Il vidait son sac, disait tout et n’importe quoi, qu’il allait vendre cet appartement pour se faire de l’argent, et partir en voyage, disparaître. Il craquait.

— Mais enfin, Papa, calme-toi !

Rien n’y faisait, je ne pouvais plus arrêter la machine, il était prêt et je devais faire comme lui, sous peine de le voir s’en aller tout seul et me laisser là avec mes ordinateurs. Je me dépêchai de rassembler mes vêtements, chaussures, affaires de sport et matériels de toute sorte et le suivit dans l'escalier. La voiture était juste en bas, tout fut chargé en vrac en un quart d'heure à peine. La vaisselle sale était encore dans l'évier, le café dans la machine, mais Papa était tellement pressé que je n'eus pas le temps de m'en occuper. Il claqua la porte avant de tourner deux fois la clé dans la serrure, et de filer vers la voiture.

Sans un mot, il démarra, et nous quittâmes la rue Georges Godet à toute vitesse, sans tenir compte de la limitation de vitesse. La peur montait de mon ventre à ma gorge.

— Papa, tu vas trop vite !
— Je m'en fiche !

Il était vraiment furieux après moi, je n'avais plus qu'à attendre que ça lui passe. J'avais tellement peu l'habitude de le voir comme ça que je ne savais pas comment réagir. Qui sait jusqu'où il était capable d'aller ? Je me tus donc dans la voiture, qui fonçait vers Angoulême. Dans mon esprit, cependant, tout se heurtait avec fracas ; et si nous avions un accident, si nous mourrions là, sur cette route, s'il décidait de me laisser sur le bord ?

Au bout de près d'une heure de conduite, tous deux tendus et crispés sur notre siège, Papa allait s'engager sur l'autoroute, quand il vira soudainement et s'arrêta brutalement sur le bas-côté. Là, il laissa tomber sa tête dans ses bras sur le volant, sans rien dire. Je m'étais accroché à la portière pour ne pas me cogner la tête à la vitre, j'attendis un peu, je ne savais pas quoi faire, j'avais un peu peur qu'il réagisse violemment ou qu'il quitte la voiture comme ça, à pied dans cet endroit dangereux, sous le coup de la colère. J'osais à peine respirer.

Finalement, il releva doucement la tête, les yeux froncés, regardant devant lui, comme perdu dans le vide. Même de profil, je pouvais voir la souffrance sur son visage. Il se tourna enfin vers moi.

— Je sais plus où j'en suis, Nathan.

Il me regardait avec tellement de détresse que j'avais envie de le prendre dans mes bras, mais mon corps était bloqué par l'angoisse, je ne pouvais ni bouger ni parler. Il prit une grande respiration, et poursuivit.

— J'ai tout raté ; mon mariage, ma vie artistique et professionnelle. Je n'ai plus rien. Mes parents sont morts, ta mère m'a remplacé, je n'ai plus que toi. Tu es ma seule réussite, Nathan.
— Mais …
— Attends. La chanson, c'est mon rêve depuis toujours. Il n'y a rien d'autre qui me fasse vibrer comme ça, rien qui m'intéresse plus que ça, qui me rende plus heureux. Quand tu m'as dit que je n'étais pas un vrai chanteur, ça m'a énormément secoué. Pas parce que tu m'as blessé, mais plutôt parce que tu as raison, c'est ce que je pense depuis longtemps, et je ne voulais pas me l'avouer avant. Tu as enlevé le pansement de la blessure, que j'avais bien collé pour me la cacher à moi-même.
— Mais alors ! Pourquoi tu n'as pas chanté chez Jonas ? et au café des Lagunes ?
— C'est terrible. Au début, j'étais décidé, ravi, mais plus le moment approchait, et plus je me sentais mal, en manque d'assurance. Les dernières minutes, au café, ma voix ne sortait plus. J'étais muet, impossible de rentrer sur scène. J'ai jeté un coup d'œil derrière le rideau et je vous ai vus, tous, dans la salle sombre, à m'attendre avec impatience. Et je n'ai pas pu. Je me suis enfui, j'ai couru sur la plage, longtemps, et quand je n'ai plus eu de force, je me suis allongé sur le sable pendant je ne sais

combien de temps. Puis, je suis retourné à l'appartement, et j'ai inventé cette histoire de gastro.

— Et pour Jonas ?

— Je t'ai menti aussi, il ne m'a jamais dit qu'il avait pris quelqu'un d'autre, c'est moi qui lui ai dit que je n'étais pas prêt, que j'avais besoin de répéter encore.

— Mais pourquoi tu as peur ? Tes chansons sont excellentes, tout le monde le dit !

— Je sais ! Mais en même temps, j'ai l'impression que ce n'est pas sincère quand on me le dit. C'est pour me faire plaisir, ou bien c'est excellent, par rapport à un niveau d'amateur, mais pas par rapport à un vrai professionnel de la chanson, à mes idoles. Tu comprends, si je déçois, si les critiques me descendent, si on ne m'aime pas, si on se moque de moi, je n'aurai vraiment plus rien du tout, je n'aurai même plus l'espoir. Je n'aurai plus qu'à crever ! Je préfère pouvoir m'accrocher à ce rêve, qui me tient debout, plutôt que risquer de le perdre parce que là … si ça arrive…

— Ça n'arrivera pas Papa, c'est pas possible. Ça marchera, c'est sûr. Je ne dis pas que tu es Gainsbourg, mais tu vaux mille fois mieux que les chanteurs amateurs, tu n'es pas un amateur du tout, tu es très très bon. S'il te plaît, on retourne aux Sables, et tu vas voir Jonas et la gérante du café. S'il te plaît.

Il me regarda à nouveau, l'air étonné de constater que je croyais réellement en lui, et que je ne lui avais jamais raconté d'histoires sur son prétendu talent. Il semblait se dire que dans le cas contraire, me connaissant, je n'aurais jamais eu l'aplomb d'insister autant pour qu'il y retourne, dans un moment pareil. Les secondes s'éternisaient, et je priais pour qu'il change d'avis, là, maintenant, avant d'entrer sur cette foutue autoroute, alors que des voitures nous klaxonnaient au passage pour nous faire dégager.

— Tu as raison, Nathan, bien sûr. Je suis désolé, je suis un idiot. Je ne voulais pas te malmener comme ça, je m'en veux. C'est ridicule, tu n'as rien fait, au contraire, tu es un fils incroyable.
— C'est rien. On y va ? J'ai faim, en plus.
— Tu veux conduire ?
— Ok, Papa.

Après avoir pris sa place, je fis demi-tour sur le bas-côté et repartis vers les Sables. Il était près de quatorze heures, mon ventre gargouillait, et j'étais tellement content que j'aurais pu manger un bœuf entier.

— On va aller directement au café des Lagunes, puis chez Jonas, je lui dois bien ça. Et on verra si on peut déjeuner là-bas.

Il était plus de quatorze heures trente lorsque nous entrâmes au café. Malheureusement, la gérante s'était absentée pour des courses, et on nous proposa de laisser un message. Papa n'hésita pas une seconde.

— Vous lui direz que Fabien, le chanteur, est d'accord pour jeudi soir, sans faute !
— Bien Monsieur, c'est noté.

Un peu plus loin dans le centre-ville, à la brasserie Le Soleil Rouge, c'était l'heure de la pause, juste après le coup de feu. Jonas était assis à une table, en train de siroter un verre de vin blanc en discutant avec un de ses serveurs. Il leva la tête et nous adressa un grand sourire, accompagné d'un aaahhh ! de contentement.

— Les voilà ! Eh bien, tu as mis le temps dis-donc, mon pote !

Il se leva et vint serrer mon père dans ses bras.

— Alors ? Ça y est, tu es prêt ? Tu vas nous casser la baraque ? Quand peux-tu chanter ? Est-ce que demain soir, ça te va ? J'ai une grosse soirée, beaucoup de réservations.

Mon père souriait, me regardait, et semblait à nouveau y croire. Cette fois-ci, il n'allait pas se défiler, j'en étais sûr. Il répondit que oui, il était prêt pour le lendemain soir, parfaitement prêt. Jonas semblait enchanté, et commençait déjà à voir comment il allait s'organiser pour annoncer l'évènement et faire venir un maximum de monde.

— On t'installera là, près du bar, dans cet espace, on poussera les tables. Je vais faire venir mon pote pour régler les lumières et le son, tu vas voir, ça va être une tuerie !
— Génial ! En revanche, on n'a pas encore mangé, Jonas, tu crois que ce serait possible ?

— Oh mais bien sûr, je vais voir ce qu'il reste, mon cuistot est là jusqu'à quinze heures trente, pas de problème.

Enfin remis de nos émotions, pendant que nous nous régalions d'une entrecôte, Papa et Jonas discutaient de l'organisation. Je me délectais de tout cela : mon ventre était comblé par mon assiette, et mon esprit par la perspective de voir enfin mon père chanter. Et si j'invitais Alizée à venir l'écouter ? Elle avait eu l'air d'avoir tellement envie de l'entendre.

# CHAPITRE VIII

Ce mercredi, c'était le grand jour, le jour de tous les possibles. Enfin, Papa allait chanter, il allait me montrer qu'il était vraiment le père dont j'avais rêvé, enfant, mais surtout, il allait montrer qui il rêvait encore d'être, lui.

Alizée avait accepté de m'accompagner le soir à la brasserie, seule, car ses parents n'étaient pas disponibles, et elle ne voulait pas sortir avec sa petite sœur.

— Elle me colle, elle m'agace. Tu as de la chance, toi, tu n'as pas de frère ni de sœur, personne dans les pattes.

— Je ne sais pas si j'ai de la chance, des fois, j'aurais bien aimé en avoir.
— Je t'assure que tu ne manques rien, c'est la plaie. Là, elle a fait un scandale parce qu'elle voulait aller voir le spectacle, mes parents ont failli céder, il aurait fallu que je la traîne avec moi, imagine la honte !

Je ne me rendais pas bien compte, mais de toute façon, c'était mal parti pour que je sache un jour ce que c'était d'avoir un frère ou une sœur.

Papa était dans ses petits souliers, il était métamorphosé depuis qu'on avait enfin brisé la glace, cette coque épaisse et dure qui l'enfermait dans le doute et l'inaction. Libéré, il pouvait endosser pleinement son costume de chanteur, celui, qui, finalement, lui collait à la peau.

— On va y aller vers dix-sept heures, si ça te va. Je prends cette chemise-là, et comme ça, je garde l'autre pour demain soir, pour le café. La gérante a appelé, elle confirme pour dix-neuf heures. Deux soirs de suite, c'est le top, quand même, hein ?!
— C'est sûr, Papa.

— Et toi, tu vas passer une bonne soirée avec la petite Alizée, n'est-ce pas ?

Je le voyais bien venir, avec ses gros sabots. Evidemment, Alizée semblait disponible, elle n'avait pas de petit ami, en tout cas pas attitré. Mais ce n'est pas pour cela qu'il allait se passer quelque chose entre nous, pas du tout.

Après être passés la chercher chez elle, nous nous rendîmes tous les trois chez Jonas. Il avait déjà tout préparé, et nous proposa de boire et manger quelque chose avant que les tables ne se remplissent, tout en faisant les derniers réglages son. Je papotais avec Alizée, bien installés à une table, en retrait. Les gens arrivaient, et Papa ne semblait pas perturbé du tout par leur présence. Il était concentré, comme lors des répétitions à la maison. Il allait tout casser.

A dix-huit heures trente, Jonas annonça le début du tour de chant, et présenta mon père brièvement. Quelques personnes se levèrent et partirent s'installer sur la terrasse, sans doute effrayés par le bruit qu'ils s'attendaient à devoir supporter pendant leur dîner, mais la plupart de l'assemblée se tourna vers la petite scène et attendit patiemment, avec curiosité et intérêt.

Quelques secondes s'écoulèrent, puis les premières notes furent jouées … Ça y est, Papa chantait, devant un vrai public. Alizée et moi filmions chacun avec notre téléphone, et l'on pouvait constater à quel point sa voix et ses mélodies avaient un effet immédiat sur l'attention générale : la salle s'était tue.

*Si le silence te gêne, dans cette chambre*

*Si tu rêves de partir, de t'évader*

*Pour que le bruit des vagues, dans cette chambre*

*Recouvre le silence, habille le vide ...*

A la fin de cette première chanson, les applaudissements, enthousiastes, furent les plus beaux que j'avais jamais entendu. Les gens se demandaient qui était ce chanteur, si on l'avait déjà vu ailleurs, si cette chanson était originale. J'avais envie de répondre, de dire que oui, il était formidable, et qu'on allait bientôt le voir partout, qu'ils avaient de la chance de le voir ce soir gratuitement, que c'était lui qui écrivait ses chansons, et que je l'avais même aidé !

Alizée aussi, était emballée.

— Il chante bien, ton père, j'adore !

Papa enchaîna, sans même ouvrir les yeux ou presque. Une deuxième chanson, puis une troisième, il était complètement submergé par son art, il savourait son moment, les applaudissements, sa vie, enfin. Les clients qui étaient sortis rentrèrent pour mieux écouter, debout, calés contre les murs. D'autres, des passants, entrèrent également et trouvèrent quelques places ici et là. L'ambiance était au calme et au plaisir de déguster la musique, sans le filtre d'un enregistrement ou d'un écran quelconque, sans même les quelques mètres qui vous séparent de l'artiste dans une vraie salle de concert : on pouvait presque toucher le chanteur, on entendait sa respiration, on sentait son émotion, on voyait sa sueur sur son front et ses tempes, on goûtait ses notes fragiles ou fortes, remplissant l'espace.

Près d'une demi-heure plus tard, les huit chansons prévues passées au tamis de toutes ces oreilles nouvelles, les applaudissements éclatèrent. Alizée et moi nous étions levés, et tapions dans nos mains à nous faire mal, comme des fans inconditionnels. Papa semblait se réveiller d'un rêve, et il souriait de ce sourire d'enfant, innocent et neuf, face à la découverte d'une nouvelle expérience de plaisir. Je ne lui avais jamais vu cet air épanoui, ouvert, heureux et fier. Si Maman avait pu le voir ce soir-là, elle ne l'aurait sans doute pas reconnu, ou bien, elle serait retombée amoureuse de lui, c'est sûr.

La foule se dispersa peu à peu, Jonas ne tarissait pas de compliments à l'égard de mon père.

— C'est formidable ! Tu as un talent fou, Fabien ! Quand je pense à tes premières chansons, quand on avait vingt ans ! Je m'en souviens encore. Tu as tellement bien évolué, depuis. C'est de la bombe ! On remet ça quand tu veux mon pote, et tu peux venir manger à l'œil avec ton fils et sa copine, aussi souvent que tu voudras ! Quelle classe !

C'est seulement vers une heure du matin que nous déposâmes Alizée chez elle, encore emplis des paroles d'encouragement et des compliments adressés à mon père pendant toute la soirée. Elle m'embrassa sur la joue, devant mon père amusé, et me promit de m'appeler en début de semaine pour une sortie avec le groupe. Nous nous retrouvions tous les deux en tête à tête, dans la voiture.

— Alors Nathan ? Dis-moi franchement, c'était bien ?

— C’était génial, Papa ! Tout le monde a trouvé ça génial, tu as bien vu ! Je suis fier de toi !
— Oui, c’est vrai mon fils, tu avais raison, tu avais raison !

Et il se mit à rire et à danser sur son siège. Je riais aussi et finalement, lui demandai de se calmer s’il ne voulait pas qu’on ait un accident. C’était une soirée fabuleuse.

Celle du lendemain soir, au café des Lagunes, se passa tout aussi bien. La gérante apprécia le concert à sa juste valeur. Comme elle l’avait déjà dit, elle considérait mon père comme un professionnel, doté de beaucoup de talent. Le public était tout aussi conquis, le tour de chant rôdé au quart de millimètre, la sensation de la spontanéité en plus. Un moment hors du temps. De retour à l’appartement, je me plaçai devant lui et pris un air solennel, posant ma main sur son épaule, le regardant droit dans les yeux.

— Papa, je te confirme officiellement que tu es chanteur !

Il sourit, et me prit dans ses bras. Nous avions conservé, depuis mon enfance, des habitudes de contact et d'étreintes affectueuses acquises pendant la période des câlins du soir, des consolations après une chute, des tristesses du quotidien, toutes ces choses qu'on fait avec un petit enfant. C'était moins le cas avec ma mère, qui avait souvent été absente pendant cette période, même si elle s'était rattrapée depuis avec beaucoup plus d'attention sur ma scolarité, ma santé, mes fréquentations et mes activités extra-scolaires. Mais les gestes tendres maternels étaient moins courants, ses parents, Mamie Claude et Papy Maurice, ayant comblé ce léger vide à sa place.

Justement, Maman avait confirmé qu'elle arriverait le vendredi soir, vers vingt heures, et qu'on veuille bien prévoir de dîner tous les trois ensemble. Papa craignait un peu qu'elle ne décide au dernier moment de venir avec son amoureux d'avocat, ce qui ne l'emballait pas du tout. Maintenant qu'il savait qu'elle était avec quelqu'un, il semblait redouter plus que jamais de la revoir et préférait ne pas évoquer le sujet. Je m'occupai donc de faire les courses afin de confectionner moi-même pour ce dîner les fameuses tartes salées qu'il m'avait appris à cuisiner, pendant qu'il continuait à profiter de son succès et du bonheur d'avoir réussi son pari.

— On peut lui dire, maintenant, à Maman, que tu as chanté, hein ?!
— Oui, Nathan, on peut lui dire, bien sûr.

Elle n'allait pas le croire, mais j'avais les films dans mon téléphone, et nous pourrions les visionner après le dîner.

Elle arriva en retard, comme elle l'était souvent. Nous l'avions prévu, et les tartes furent enfournées seulement à son arrivée. Bonne surprise, elle était seule, ce qui nous permettait de nous mettre à l'aise et de nous détendre. Papa avait quand même pris une douche et enfilé un pantalon propre et une chemise, pour l'occasion. Plutôt crever que passer, auprès du nouveau copain de sa femme, pour un artiste fauché qui se laisse aller. Je l'embrassai et lui souhaitai la bienvenue, pris ses affaires et les posai dans ma chambre, puisqu'elle allait dormir avec moi exceptionnellement, ce week-end. Le lit était bien assez grand pour nous deux, et elle ne pouvait évidemment pas dormir avec mon père.

— Maman, viens, on va s'asseoir et boire quelque chose, tu as soif ?
— Ah oui, Nathan, j'ai très soif. Tu as bonne mine dis-donc !

— Toi aussi. Tu veux une bière ? Un verre de vin ?
— Non, je vais prendre un jus de fruits ou de l'eau, ça sera très bien.
— D'accord. Alors, ton voyage s'est bien passé ?
— Bof, il y avait énormément de monde, j'ai mis plus de quatre heures, c'est pour ça que je suis en retard, mais je suis contente d'être là, c'est toujours aussi beau, la mer.
— Demain, si tu veux, on ira à L'Ile-D'yeu, tous les deux. Papa a à faire, il travaille beaucoup sa musique en ce moment, et on a des choses à te montrer, après le dîner, c'est une surprise.
— Oh ! Vraiment ?
— Oui, une super surprise, tu vas voir.
— Très bien ça, très bien.

Maman paraissait mal à l'aise. Elle bougeait sur sa chaise, se tortillait, comme si quelque chose la gênait. Pourtant, c'est elle qui avait insisté pour venir, et nous l'avions accueillie chaleureusement. Même mon père, après avoir constaté avec soulagement qu'elle était seule.

— Et toi, Fabien, ça va bien ?
— Très bien Elise, on passe des vacances de rêve, avec Nathan. On s'amuse bien.

— Tant mieux, tant mieux.
— Tu sembles préoccupée ? Il y a un problème ?
— Non, tout va bien, on mange ? J'ai un peu faim.
— Bien sûr, les tartes sont au four, on peut attaquer l'entrée.

L'ambiance était un peu lourde, personne n'osait trop parler, une sorte de malaise s'était installé. Puis soudain, alors que Papa resservait de l'eau, Maman sembla se réveiller.

— J'ai quelque chose à vous annoncer ! C'est important.

Je pense que Papa et moi imaginâmes alors la même chose en même temps. Elle allait s'installer avec son avocat ? Peut-être même se remarier ? Déménager ? L'appréhension nous figeait sur place, laissant nos mouvements en suspens.

— Je suis enceinte.

La phrase, courte et prononcée avec force, sonnait comme une flèche envoyée depuis un lance-missiles.

Nos yeux s'agrandirent, marqués par la surprise, puis nous nous regardâmes, comme si nous devions nous questionner l'un l'autre pour être sûrs d'avoir bien compris. Devant nos mines stupéfaites, elle répéta donc.

— Je suis enceinte, de bientôt cinq mois. Une fille.

Le choc avait été suffisamment fort pour que nos fourchettes tombent quasiment de nos mains, causant un bruit de vaisselle désagréable en heurtant nos assiettes. Maman, elle, nous regardait avec un mélange de soulagement et d'inquiétude. Elle avait dû penser à ce moment depuis longtemps. Cinq mois ! Ma petite sœur avait déjà cinq mois de vie utérine, et je ne l'apprenais que maintenant. Je ne m'étais rendu compte de rien, mais maintenant, je voyais effectivement un léger bombé sur le ventre de ma mère, en me penchant sur le côté. Elle sembla entendre mes pensées.

— Je voulais être bien certaine, avant de vous l'annoncer. Et puis, je ne voulais pas perturber ta fin d'année scolaire, Nathan. Voilà, la naissance est prévue pour le vingt-et-un

novembre. Le père, c'est Yanis, mon nouvel ami. Tu le connais, mon chéri.
— Oui Maman.

Je n'osais plus regarder Papa. Il devait être décomposé. Non seulement il venait d'apprendre l'existence de Yanis, mais quelques jours après, il découvrait qu'il y avait déjà un bébé en cours. C'était trop rapide, trop brutal.

Maman souriait poliment, et demanda si c'était normal, cette odeur de brûlé qui sortait de la cuisine. Je me levai d'un bond.

— Merde ! Les tartes !

J'ouvris la porte du four en prenant garde de ne pas me brûler avec les vapeurs, et constatai les dégâts.

— Oh zut ! C'est cramé ! Fichu !

Je n'eus même pas le temps de me retourner, la porte d'entrée avait claqué et dans le salon, où la table à manger était mise, mon père avait disparu.

# CHAPITRE IX

— Mais qu'est-ce qu'il a, ton père ? On est divorcés, il a oublié ? Pourquoi il part comme ça ? Je n'ai rien fait de mal, zut à la fin !
— C'est normal, il ne savait même pas que tu étais avec quelqu'un il y a encore quelques jours, et là, tu lui dis que tu attends un bébé. Ça fait beaucoup.
— Et toi, tu en penses quoi, d'avoir une petite sœur ?
— Je ne sais pas, je crois que je suis content. Il va venir habiter chez nous alors, Yanis ?
— Je pense que c'est plutôt nous qui allons habiter chez lui, il a une belle maison à Angoulême. Comme il n'a pas d'enfant, elle n'est pas très

grande, mais on s'arrangera. On s'en occupera avant la rentrée, lui et moi. Tu n'auras plus qu'à venir t'installer à la fin des vacances. Et avec ton père, ça se passe bien ici ? Il ne s'est pas remis à fumer, au moins ?

— Non, non, maman, ne t'inquiète pas. Et on ne boit pas non plus, tout va très bien.

— Bon. On les mange, ces tartes ?

Il ne restait pas grand-chose à manger, que le cœur de la préparation, qui avait échappé à la calcination. Un cœur épargné … Mais nous n'avions plus très faim de toute façon, et le dîner fut expédié. Maman se montrait pragmatique, comme toujours.

— Je serais bien allée dormir à l'hôtel, pour éviter les histoires, mais à cette heure-ci et en cette saison, j'ai peu de chances de trouver une place. Je vais dormir avec toi comme prévu, et nous partirons tous les deux assez tôt pour notre virée, qu'est-ce que tu en penses ?

— Oui, je suis d'accord, on laissera un petit mot à Papa si on ne le voit pas. La réservation est faite pour demain soir.

— Tu dors de quel côté ?

Après m'être brossé les dents, je revins dans la chambre où Maman était déjà couchée. Comme elle était sur le dos, je voyais l'arrondi de son ventre, sur lequel elle avait posé ses mains. Elle me regardait avec un petit air malicieux, et sur mon oreiller, un énorme paquet cadeau trônait. J'ouvris des yeux de chouette, ce qui la fit rire.

— Qu'est-ce que c'est que ça ?
— C'est pour toi ! Je ne serai pas là pour ton anniversaire, alors je t'ai apporté ton cadeau. On l'a choisi ensemble, avec Yanis. Ouvre !

Je déchirai le papier d'emballage, et compris immédiatement de quoi il s'agissait lorsque je vis la marque écrite en gros sur le carton. L'ordinateur de mes rêves ! Ultra puissant, le summum de l'ergonomie, une autonomie de dingue, des fonctionnalités idéales. J'en criai de joie et sautai dans les bras de ma mère, qui se réjouissait de ma mine enfin heureuse. Elle avait fait très fort, c'est sûr, j'étais ravi.

Je dormis très peu cette nuit-là. J'étais préoccupé par les gros changements à venir, et par la réaction de Papa. Je me demandais où il était, et s'il allait bien. Mais c'était moi, l'enfant, je n'allais pas devenir sa nounou. Et puis, Maman avait raison, ils étaient divorcés, ce n'était pas si étonnant qu'elle veuille refaire sa vie et reconstituer une famille… Une petite sœur ! Ben ça alors, en plus du déménagement chez Yanis, ma mère allait avoir un deuxième enfant à trente-huit ans, et moi une sœur avec seize ans d'écart ! En réalité, j'étais ravi car j'imaginais déjà la petite à la maison, et la gaieté qui va avec. J'avais passé l'âge d'être jaloux, j'étais curieux de voir ça. C'était tout de même une sacrée nouvelle. Et puis cet ordinateur ! J'avais hâte de l'allumer, de découvrir ce qu'il avait dans le ventre, et de m'en servir pour des tas de projets que j'avais en tête. Bref, trop de sentiments contradictoires m'empêchaient de me détendre, alors que Maman dormait comme une masse dans son coin. Sa proximité m'avait toujours rassuré, petit garçon, lorsque je faisais un cauchemar. Mais là, c'était différent, j'étais plus grand qu'elle et en plus, elle était enceinte, alors c'était à moi de la protéger, en quelque sorte.

Je me rendis compte que j'en avais oublié de lui montrer le film des concerts. Mais c'était peut-être mieux comme ça, même si, encore une fois, la réussite de Papa était éclipsée par ses réalisations à elle. J'entendis la clé dans la serrure, il était trois heures du matin, je n'avais toujours pas dormi, Maman ronflait un peu. Il rentrait enfin. Je me levai pour vérifier qu'il allait bien, en jetant un petit coup d'œil dans l'entrebâillement de la porte, et me recouchai aussitôt. Il était là, il avait l'air normal. Rapidement, cette fois, je m'endormis.

Le réveil sonna cinq minutes plus tard. En vérité, il s'était passé deux heures et demie depuis que je m'étais endormi, mais j'avais l'impression d'avoir eu à peine le temps de fermer les yeux. Il était six heures, et le soleil brillait déjà, allumant des raies au travers des volets. Maman stoppa la sonnerie d'un geste, et se tourna vers moi avec un sourire.

— Ça va, mon chéri ?
— Ça va, Maman, et toi ?
— Super, j'ai dormi … comme un bébé.
— Vous allez l'appeler comment ?
— On ne sait pas encore, on en parlera ensemble avec Yanis, si tu veux. Ton père est rentré ?
— Oui, très tard.

Nous nous levâmes sans faire de bruit, pour ne pas le réveiller. Nos affaires étaient prêtes, deux petites valises pour une nuit sur place. Après avoir fait une rapide toilette, j'écrivis un mot à l'attention de Papa.

« *Nous sommes partis très tôt, je reviens demain soir. Je t'aime, repose-toi pour les prochains concerts. Nathan* ».

Maman et moi avions prévu de prendre notre petit déjeuner dans le salon de thé d'en bas, avant de partir. Je devais conduire sa voiture, j'avais pris mes papiers et mon disque de conduite accompagnée. Le temps était déjà doux à cette heure matinale, et plusieurs couples de personnes âgées sirotaient déjà un thé en dégustant des viennoiseries. La vue sur la mer était magnifique, sous la lumière du soleil levant.

— Je mange comme quatre, depuis que je suis enceinte. Comme pour toi, c'était pareil.
— Dis, Maman ...
— Oui ?
— Ils étaient comment, les parents de Papa, en vrai ?
— Comment ça ? Tu les connaissais, ils étaient très gentils avec toi.
— Et avec lui ?
— Avec lui ? Eh bien, ils étaient comme tout le monde, comme tous les parents de cette génération, j'imagine. Pourquoi tu me poses cette question ?
— Pour rien, comme ça. Je ne me souviens plus très bien d'eux.
— Ah ! D'accord. Alors, tu aimes ton nouvel ordi ?
— Je l'adore ! Merci Maman, il est top !

— Il faudra remercier Yanis aussi, il a tenu absolument à participer.
— D'accord.

L'Ile-D'yeu était une merveille d'île avec une multitude de paysages ; longues plages et dunes à perte de vue, côte sauvage plantée de falaises recelant des criques de sable fin, chemins enfouis parcourant les combes. J'avais réservé l'hôtel moi-même, à Port Joinville, avec vue sur le port de pêche. Le samedi soir, 14 juillet, un feu d'artifice était prévu, visible depuis la fenêtre de notre chambre. Toute l'île était en fête, nous n'avions plus qu'à profiter de tous les lieux incontournables, que nous n'avions pas visités depuis longtemps, et des magnifiques petits restaurants de poisson livré tout frais directement par les bateaux de pêche : bars, lottes, soles, turbots, dorades, merlus et autres nobles crustacés. Une belle balade en pédalo complèterait le séjour à merveille.

— Ça ne remplace pas trois semaines en Espagne, mais c'est pas mal quand même, hein ?
— Super, Maman.

Pendant ce temps, que faisait Papa ? Je me disais qu'il devait ruminer un peu, mais que sa solitude temporaire lui permettrait de prendre du recul, et de faire ce qu'il voulait en attendant mon retour. Et puis, ses projets étaient bien partis, il pouvait se réjouir et profiter, malgré l'intrusion un peu maladroite de Maman.

J'avais mal jaugé le problème, et lorsque ma mère me déposa à l'appartement des Sables, le dimanche soir assez tard, après deux jours magnifiques ensemble, je trouvai mon père affalé dans le canapé, devant un match de foot, hirsute, des restes de repas sur la table, des vêtements posés n'importe où, le foutoir complet. Lorsque Papa se mettait à regarder du foot, c'est que ça n'allait pas bien du tout. Je m'approchai et l'embrassai sur la joue.

— Bonjour Papa. Ben qu'est-ce qui t'arrive ? Ça va pas ?
— Ah, c'est toi Nathan ! Excuse, j'ai pas vu l'heure. J'avais prévu de tout ranger avant que tu arrives, et tu vois…
— Tu as fait quoi pendant ces deux jours ?
— Rien. J'ai rien fait. J'ai dormi, mangé je crois, regardé la télé. C'est tout.

— Tu n'es pas allé voir des gens, pour les concerts ? Tu n'as pas profité du 14 juillet, du feu d'artifice ?
— Non, pas du tout. Il faut bien que je me repose. Il y avait trop de bruit dehors.

Perplexe, je décidai de le laisser tranquille un moment, le temps de poser mes affaires dans ma chambre. Je vis que le carton de mon nouvel ordinateur avait bougé. Je l'avais laissé sur ma petite table-bureau, et il était à présent sur mon lit. Papa avait donc vu mon cadeau. Je vidai ma valise et rangeai mes quelques affaires, puis je me dirigeai vers la cuisine pour prendre un verre d'eau. Il m'interpela depuis le canapé.

— Alors ? C'était bien, L'Ile-D'yeu ?
— Super. On a fait tout le tour, et on s'est même baignés.
— J'ai vu que ta mère t'a fait un très beau cadeau pour ton anniversaire.
— Oui, tu as vu ça ? C'est une tuerie, cet ordi. Je vais pouvoir te faire un programme d'enfer pour tes chansons, là-dessus.
— Pas la peine, j'ai pas besoin de tout ça, moi, pour faire des choses bien.
— Quoi ?

— Ta mère, il faut toujours qu'elle montre qu'elle fait mieux que moi. Cet ordi, il doit coûter une fortune, c'est sûr, moi, je ne peux pas te payer ça. Elle le sait et elle le fait exprès, pour me narguer.

— Allons Papa, tu exagères. Elle ne fait pas ça pour ça enfin ! Et puis elle n'est pas si riche, les avocats, ils travaillent beaucoup mais ce n'est pas ce qu'on croit !

— Mais si ! C'est comme ça qu'elle est ! Pareil, elle débarque ici, et elle annonce qu'elle est enceinte ! Ça aussi, c'est pour me narguer.

Cette fois-ci, je me demandais si Papa n'avait pas bu trop de bière, pour se montrer aussi injuste et agressif. Il allait trop loin, lui qui d'habitude, ne parlait jamais de son ex-femme en mauvais termes.

— Arrête, Papa ! Tu dis n'importe quoi.

Il y eut un blanc, et je pensai « Il va se calmer, il a compris. » Mais au lieu de ça, je le vis débouler dans la cuisine, et se poster juste devant moi, comme s'il voulait être bien sûr que je l'entende.

— Je lui ai dit vingt fois, cent fois, que je voulais un autre enfant, après toi. Je voulais une grande famille, j'en rêvais. Elle n'a jamais voulu, elle a toujours retardé, en disant que ce n'était pas le moment, qu'elle avait des échéances, des examens, des étapes importantes pour elle, pour son travail. Et le temps a passé, et finalement, elle n'a plus voulu de moi, elle m'a fichu dehors. Et l'autre, là, il arrive, et hop, ils font un bébé ! C'est pas possible, elle se fout de ma gueule ! Qu'est-ce qu'il a de plus que moi ce naze ? Hein ? Tu peux me le dire ?
— Je ne sais pas, c'est comme ça, Papa. Vous vous disputiez beaucoup, quand même.
— Pas du tout, pas plus que tous les couples.

Il s'assit, ou plutôt, il tomba sur la chaise, le regard douloureux, meurtri au plus profond de lui-même. Je ne me doutais pas de tout ça, je ne les avais jamais entendus en parler. Je ne savais pas quoi répondre, il n'y avait rien à dire. Mais Papa n'avait pas terminé.

— Et ses parents, ils n'ont jamais été dans mon sens, toujours à défendre leur *fifille*. J'étais tout seul, moi, toujours.
— Et tes parents, à toi ?

— Mes parents ? Tu veux savoir comment ils étaient, mes parents ?

Je n'étais plus très sûr de vouloir savoir, mais c'était trop tard, il était remonté comme une pendule, il ne pouvait plus s'arrêter.

— Ma mère, Mamie Jeannette, n'a jamais vraiment aimé ses enfants.
— Quoi ?
— Ni moi, ni ma sœur. C'était une femme égoïste, qui ne pensait qu'à sortir, à rencontrer des hommes. Elle trompait mon père, qui était faible et qui a fait semblant de ne rien voir toute sa vie, pour ne pas faire de vagues et sauver les apparences, mais il souffrait beaucoup. Et nous aussi. Elle n'était pas souvent là le soir, elle préférait aller s'amuser. Alors tu parles, mes problèmes de couple … Dès que j'ai compris que la musique serait un refuge pour moi, je me suis jeté dedans, vers six ans, je crois.

Les bras m'en tombèrent. L'image que j'avais de mes grands-parents n'était pas du tout celle que mon père me peignait là, tout d'un coup, avec cette colère qui sortait de tout son corps. Est-ce qu'il exagérait ?

Est-ce qu'il inventait carrément ? Je ne l'avais jamais vu comme ça. Dans mon souvenir, Mamie Jeannette était gaie, vivante, dynamique, et lorsque je la voyais, pendant les vacances d'été ou à Noël, ça se passait très bien, je crois. Je ne me rappelais plus vraiment, j'étais encore jeune, moins de neuf ans, peut-être que j'enjolivais le souvenir. Peut-être. Etait-ce pour cela que Papa n'aimait pas que Maman travaille tard le soir ? Je n'avais pas très envie d'en discuter, il était tard, j'étais fatigué.

— Je vais me coucher, Papa, bonne nuit. A demain.

Je me réfugiai dans ma chambre, et fermai la porte bruyamment. Je ne voulais plus parler de la famille, des problèmes des uns et des autres, des ressentiments. C'était trop, tout ça, je ne voulais pas entrer dans ces jeux de haine, où je n'avais rien à faire. Moi j'aimais ma mère, j'aimais mon père, je n'avais qu'eux et je voulais les garder tous les deux. Je n'avais même plus envie d'ouvrir mon nouvel ordinateur, j'avais juste envie de dormir et que l'ambiance redevienne comme avant, comme le soir des concerts.

Sur mon téléphone, il y avait un message d'Alizée.

« *Demain, on se retrouve à l'église Saint Nicolas à quinze heures, avec les autres. Je leur ai montré le film de ton père, ils ont été sur le cul ! Tout le monde le trouve trop top ! Bises et à demain, essaie de venir.* »

Je répondis immédiatement que c'était ok, et que j'amènerais les bières. Cela faisait deux semaines que nous étions arrivés avec Papa, et tout avait tourné autour de lui et de ses projets musicaux jusque là. Même si j'étais très heureux de ce qu'il avait accompli, je pouvais bien m'accorder un peu de distraction de mon côté. J'avais envie de m'amuser, de retrouver des amis de mon âge. Toutes les histoires des adultes me retournaient le cœur, j'en avais assez, je n'avais finalement rien à voir avec tout ça.

# CHAPITRE X

Le lendemain matin, lorsque je m'éveillai, Papa était déjà debout. Il finissait de remettre de l'ordre dans l'appartement, de ranger les restes de ses repas et de nettoyer la cuisine. Il se traînait un peu, et semblait se forcer pour venir à bout du chantier. Dès qu'il me vit cependant, il vint vers moi et m'embrassa.

— Excuse-moi, Nathan, je n'étais pas dans mon assiette hier soir. Je ne sais pas trop ce que je t'ai raconté, il ne faut pas faire attention.
— C'est pas grave. Qu'est-ce que tu vas faire aujourd'hui ? Moi je vais rejoindre Alizée et les autres.

— Il faut que je répète encore, j'ai reçu un message des organisateurs du festival, tu sais, ceux qu'on avait appelés ?
— Ah oui ?
— Il paraît que l'un d'entre eux m'a vu chanter chez Jonas, l'autre soir. Il passait par là, et il est entré quand il m'a entendu. Il a vu l'affiche avec mon nom, et voilà. Ils disent que je dois absolument les rejoindre, mercredi, à Saint Jean de Monts, ils m'intègreront dans le programme du soir, pour quatre chansons de mon choix.
— Quatre ? Mais c'est génial ! Dingue ! Wouahou ! Tu vas y aller, bien sûr ?
— Je… pense que oui, bien sûr. On pourrait passer la journée là-bas, qu'est-ce que tu en dis ? Il y a un peu plus d'une heure de route, on rentrera dans la nuit après le concert.
— Génial.

Cette proposition inespérée et plus que flatteuse tombait à pic. Papa avait bien besoin d'un remontant, on ne pouvait pas rêver mieux pour détourner son attention vers autre chose que les vieilles rancœurs qui ressortaient ces dernières heures, qu'elles soient justifiées ou pas. Cette offre montrait bien qu'il avait un réel talent, et que des professionnels pouvaient le remarquer. Parfait, je pouvais me consacrer à mon nouveau joujou jusqu'en début d'après-midi, et partir rejoindre Alizée ensuite, sans remord.

Dès que j'eus avalé mon petit-déjeuner, je déballai la bête et m'attelai à la préparation de mon ordinateur : branchements, installations, configurations, c'était un plaisir total de me dire que cette machine était bien à moi, et que je pourrais en faire ce que je voulais. Décidemment, Maman avait vraiment très bien fait les choses, comme toujours.

Les heures passèrent, sans que je m'en rende compte, tellement j'étais happé par toutes les fonctionnalités offertes par la machine, et vers treize heures trente, Papa m'appela pour venir manger. Il avait fait ma tarte préférée ; thon-tomate-chèvre.

— Hummm ! Fameuse, Papa, bravo !
— Si je ne réussis pas dans la musique, je pourrai toujours ouvrir un restaurant de tartes !
— Tu vas réussir, c'est obligé. Ou si toi, tu réussis pas, il n'y a pas grand-monde qui va émerger.

J'avais parlé spontanément, et je remarquai qu'il avait l'air très satisfait de ma réponse, comme si c'était exactement celle qu'il attendait. J'avais touché la corde sensible, sa confiance en lui, sa peur de l'échec. Il avait besoin que je le rassure.

A quatorze heures quarante-cinq, nous partîmes chez Alizée, où je devais la retrouver pour notre sortie. Mon père, même s'il ne disait plus rien, devait évidemment penser qu'il y avait quelque chose entre nous, et après tout, peu importait. Pour ce qui me concernait, j'appréciais la compagnie de la jeune fille, mais surtout, j'étais heureux de retrouver le groupe et notamment Léo, un copain de la bande, avec qui je m'étais particulièrement bien entendu. Il était tout aussi passionné d'informatique que moi, et, avec un an de plus, avait déjà réalisé plusieurs programmes intéressants qu'il avait promis de me montrer à l'occasion, pendant les vacances. Il habitait près du Zoo et du Tennis Club, ce qui n'était pas très éloigné de notre appartement.

A notre arrivée sur la Route Bleue, une partie du groupe était déjà là en train de papoter tranquillement, en attendant les autres. Un accueil chaleureux me fit comprendre que j'étais adopté, ce qui me conforta dans ma position de membre à part entière, et la vue des bières que j'avais fixées soigneusement à mon vélo finit de confirmer mon intégration dans le groupe. J'en ouvris une moi aussi, et bus quelques gorgées pour faire comme tout le monde, puis versai discrètement le reste dans l'herbe, où nous nous étions installés, face à la mer. Les retardataires, dont Léo, arrivèrent quelques minutes après et se joignirent à nous.

— Salut, mec ! Alors ? Il paraît que ton père a cartonné ? On a vu la vidéo, grandiose dis-donc !
— Oui, c'était vraiment top. Du coup, il participe à un festival après-demain soir, à Saint Jean de Monts.
— Géant ! C'est une pointure, ton père ! T'as trop de chance ! Moi, le mien, il est dans le bâtiment, tu vois le genre !

J'étais fier de constater que le *métier* de mon père impressionnait toujours autant les copains. L'un des garçons, Tom, plutôt discret habituellement, se rapprocha de moi.

— J'ai montré la vidéo qu'Alizée nous a envoyée à mes parents. Quand je leur ai dit le nom du chanteur, mon père m'a dit qu'il le connaissait !
— Ah bon ?
— Ils allaient au même club enfant, sur la plage, il se souvient bien de lui, c'était un bon copain de vacances, il revenait tous les ans. Il paraît que sa mère n'était pas commode, il fallait filer droit. Et puis, mes parents étaient en ville quand l'accident s'est produit, il y a sept ans,

quand le bateau de tes grands-parents a explosé. Personne n'a jamais compris ce qui s'était passé, parce que ton grand-père, il connaissait bien la mer. Et ce jour-là, le temps était calme, il y avait beaucoup de plaisanciers, tout le monde sortait son bateau. Ça a été une grosse catastrophe. Moi, je ne me rappelle plus très bien, j'étais petit.

Le souvenir de cet accident, qui avait fait littéralement disparaître Mamie Jeannette et Papy Robert, me secoua. Des images me revenaient à l'esprit. Non pas celles de l'explosion, à laquelle je n'avais pas assisté, mais celles de mes parents recevant un appel pendant le déjeuner, un beau samedi d'automne à Angoulême, qui leur annonçait l'accident. Puis mon père s'était précipité dans la chambre, il avait pris des affaires et il était parti aussitôt pour Les Sables, en disant à ma mère de le rejoindre si possible le lendemain, en train, après m'avoir déposé chez ses parents pour un ou deux jours.

Ensuite, je me souvenais être allé avec eux à l'enterrement, à la Roche sur Yon, où plein de gens se massaient autour des deux cercueils, qui contenaient les restes de mes grands-parents. Et voilà, je ne les avais plus jamais revus.

Mais ce qui résonnait le plus à mes oreilles, à présent, ce n'était pas le fait que cet accident soit resté inexpliqué. C'était la description que les parents de Tom avaient faite de Mamie Jeannette ; une femme autoritaire, peu chaleureuse avec ses enfants. J'aurais bien aimé en savoir davantage, mais le garçon n'avait pas plus de détails, et tout cela n'était certainement pas très intéressant pour lui.

— Tu crois que tes parents pourraient me parler d'eux ? De mes grands-parents, je veux dire.
— Sûrement, si tu leur demandes.
— Je pourrais les voir ?
— Ils tiennent un magasin de vêtements, dans le centre. Tu peux y aller si tu veux. C'est ouvert tous les jours sauf le dimanche. Je leur dirai que tu vas passer.

Je décidai d'y aller dès le lendemain, puisque nous devions partir le mercredi matin, mon père et moi, à Saint Jean, pour le festival. Je ne pensais pas lui parler de tout cela, ou peut-être seulement après, si jamais quelque chose d'intéressant pour lui ressortait de cette rencontre. Moi-même, je n'étais pas sûr d'apprendre quelque chose de plus sur les relations entre Papa et ses parents, même si je l'espérais. J'avais l'impression qu'une sorte de secret de famille se révélait, qui me perturbait et m'attristait en même temps. Si mes grands-parents n'étaient pas ceux que j'imaginais, mon père n'était-il pas lui aussi un inconnu, finalement ?

En attendant, le petit groupe se décidait à reprendre les vélos pour une grande balade le long de la mer, et c'était le meilleur moyen de me vider un peu la tête et de passer un bon moment. J'avançai à la hauteur de Léo, qui m'adressa un sourire de complicité.

Lorsque je rentrai, tard le soir, après avoir quitté les autres, Papa avait déjà mangé.

— Je ne t'ai pas attendu, j'ai pensé que tu étais avec la petite Alizée ?
— On était tous ensemble Papa, c'était super.
— Quand je pense que tu sors avec la fille de mon pote d'enfance, c'est dingue !
— Je ne sors pas du tout avec elle. Il reste quelque chose à manger ? Qu'est-ce que tu as fait aujourd'hui ?
— J'ai répété, et j'ai fait une sélection de chansons pour le festival. Tu vas me dire ce que tu en penses.
— Super. Demain, si tu veux, j'irai faire les courses en ville, je prendrai du poisson frais.

J'avais l'intention de sortir en milieu de matinée, et de passer au magasin de vêtements des parents de Tom, sous le prétexte de faire des courses. C'était un peu gênant de cacher à mon père que j'allais voir quelqu'un qui le connaissait depuis son enfance, mais je craignais sa réaction. Etant donné ses dernières confidences sur sa mère, je n'étais pas sûr qu'il veuille encore rencontrer des gens qui lui rappellent cette période.

Le reste de la soirée fut tranquille cependant. Papa me chanta ses chansons, accompagné de sa guitare, et je l'aidai à déterminer l'ordre de passage des quatre titres choisis. Un mélange très savoureux de rythmes lents et plus soutenus, parfaits pour donner un aperçu de l'étendue musicale de son art.

— Tu vas tout déchirer, Papa.
— Merci fiston, je suis content qu'on puisse vivre ça ensemble, j'ai l'impression de rêver et c'est grâce à toi !

Je me couchai avec mon ordinateur sur les genoux. Mon programme de modélisation pour les chansons de Papa était presque prêt, je n'aurais plus qu'à faire quelques tests avant de le charger sur son smartphone. Léo m'avait proposé d'y jeter un coup d'œil et de me donner son avis, d'ici la fin de semaine. Je prévoyais donc de me rendre chez lui le jeudi ou le vendredi, comme convenu ensemble. Maman m'avait envoyé un message ; elle partait en Espagne avec Yanis et un autre couple d'amis, et me souhaitait une bonne nuit. Tout allait bien, et je pourrais les accompagner à la prochaine échographie en septembre, si je le souhaitais.

Vers les onze heures, le lendemain matin, je quittai l'appartement avec une liste de courses à faire, dont notamment, une paire de jolies chaussettes à trouver pour compléter la tenue de Papa pour le festival. Il voulait absolument porter des vêtements impeccables de la tête aux pieds, son costume était nickel, la chemise repassée, la cravate encore dans son emballage d'origine. Je marchai donc en direction du centre-ville et trouvai facilement la boutique de vêtements mixtes des parents de Tom, bien située entre un salon de beauté et une pâtisserie. J'entrai timidement, et, comme il n'y avait qu'un client, occupé à essayer des ceintures, m'approchai de celui qui semblait être le père de mon ami, à en juger par la ressemblance.

— Bonjour Monsieur, je cherche des chaussettes homme. Je suis l'ami de Tom et le fils du chanteur Fabien.

Son visage s'élargit aussitôt d'un grand sourire.

— Mais oui ! C'est toi, Nathan, n'est-ce pas ? Tom nous a dit que tu passerais. Je te présente Natacha, sa maman.
— Bonjour Madame.
— Tu sais que je connais assez bien ton père ? Enfin, je le connaissais en tout cas. On a passé beaucoup de temps ensemble pendant les vacances, quand on était petits. Quel type de chaussettes ? Viens, je te montre ce que j'ai.
— Plutôt fines, marron ou bleu nuit.
— Alors j'ai ça, ou ça, là.
— Oui, c'est bien. Je vais prendre celles-là en 42-44. Vous connaissiez aussi mes grands-parents ?
— Oui, ils venaient souvent ici, jusqu'à l'accident terrible. Toute la ville a été secouée, personne n'a compris ce qui s'était passé pour que leur bateau heurte un rocher. L'enquête n'a rien donné, juste une erreur humaine, tu dois le savoir. Mais j'ai aussi assisté à la rencontre de tes parents !
— Ah bon ?
— Oui, je m'en souviens très bien, parce que j'avais trouvé ça très romantique, et ce n'était

pas trop habituel pour nous. A cette époque, ton père chantait souvent dans des bars ou sur les plages, avec un petit groupe. Alors nous, on allait le voir, on était une bande de potes, on avait la vingtaine et on traînait pas mal. Un jour, il est allé chanter à la Roche, dans une soirée étudiante de fin d'année, et j'y étais aussi avec deux ou trois copains. Ta maman, elle était invitée, je ne sais plus trop pourquoi, et dès qu'ils se sont vus, le courant est passé. Elle était fascinée je crois, par ce qu'il dégageait. Ton père, il faut dire qu'il avait beaucoup, beaucoup de succès auprès des filles. C'était un tombeur, il plaisait sans faire d'effort. On était tous un peu jaloux de lui.

— Et puis ?

— Ils ne se sont plus quittés de la soirée. Ils étaient comme aimantés, un coup de foudre, une évidence. Et puis après ça, ils sont devenus un couple, naturellement. Pourtant, ta grand-mère, elle n'était pas trop chaude pour qu'ils se revoient.

— Pourquoi ? Elle n'aimait pas Maman ?

— Oh non, ta mère, elle était charmante. Mais justement, j'ai entendu ta grand-mère, une fois, dire à ton père qu'il n'arriverait pas à la garder, qu'elle était beaucoup trop bien pour lui. Je n'ai jamais oublié, car j'avais trouvé ça très dur. Tu vois, elle a eu tort !

— … Non, elle n’a pas eu tort, mes parents ont divorcé.

— Oh ! Je suis désolé, je ne savais pas. Je n’aurais pas dû te raconter tout ça alors ! Désolé, vraiment !

— Mais non, ce n’est pas grave, j’aime mieux savoir. Et mon grand-père, il en pensait quoi ?

— Lui était beaucoup plus calme et, le peu de fois où je les ai vus, il ne disait rien. Il était plutôt gentil.

# CHAPITRE XI

Je comprenais mieux que Papa puisse avoir été contrarié du départ de Maman. C'était en quelque sorte la vie qui donnait raison à sa mère, en plus de la douleur d'être largué. Et si elle avait été encore vivante, il aurait eu droit sans doute à une bonne leçon sur son incapacité à choisir une femme à son niveau. D'ailleurs, la sienne se tournait finalement vers quelqu'un qui, lui, avait réussi professionnellement. Le père de Tom n'avait peut-être pas été très diplomate en me racontant ces détails, mais finalement, c'était mieux comme ça parce que personne dans la famille n'aurait osé me dire les choses franchement. On protège toujours ceux qui sont morts, même s'ils étaient méchants ou s'ils ont fait du mal. On pense, à tort, qu'il faut préserver une bonne image pour les générations qui suivent, même si certains ont souffert et souffrent encore, même si cela revient à nier leur souffrance.

J'étais très triste pour Papa. Je pris le temps pour rentrer, en marchant lentement le long de la promenade, et lorsque j'arrivai à l'appartement près d'une heure après, je m'aperçus que j'avais oublié d'acheter le poisson.

— Eh bien, tu en as mis, du temps !
— Oui, désolé, Papa, et il n'y avait plus de poisson. Mais j'ai tes chaussettes.
— Plus de poisson ?
— Non, un problème de frigo, ou je ne sais pas quoi. On n'a qu'à manger des pâtes. Il te faut des féculents pour demain. Un concert, c'est du sport.

Le repas fut silencieux, je ne parvenais pas vraiment à paraître joyeux, et Papa était toujours un peu sous le choc des dernières nouvelles de Maman. Il essayait tout de même de se mettre à ma place, il s'inquiétait de ce que je pensais.

— Ta mère refait sa vie, c'est bien pour elle. Tu es content d'avoir une petite sœur ?

— Je crois que oui. Mais je suis un peu désolé pour toi, Papa.
— Ne t'inquiète pas, je m'en remettrai. Elle ne reviendra pas, c'est clair maintenant. Je vais passer à autre chose.
— Tu sais, Papa …
— Oui ?
— Je regrette que Mamie Jeannette n'aie pas été une gentille mère.
— … Merci fiston. C'est comme ça tu sais, on n'y peut rien. … Et si on allait faire de la planche cet après-midi ? Une bonne dose de plage, ça nous détendra, et après, j'aimerais répéter encore un peu.

Les choses étaient dites, je me sentais soulagé, et je crois que mon père aussi. Ça lui faisait du bien d'avoir pu enfin parler à quelqu'un, je comprenais instinctivement ce sentiment.

A la plage, le soleil nous réchauffa la peau et le cœur, les vagues roulaient sur le sable mou où nos doigts de pieds s'enfonçaient. Ça faisait du bien de ne plus penser à rien, de regarder simplement les petits grains qui se glissent entre les orteils, et qui restent coincés quand l'eau se retire. Nous venions de faire deux heures de planche, nous étions épuisés et restions simplement assis au bord de l'eau, les fesses enfoncées dans le sable détrempé. Je voyais que Papa regardait les femmes en maillot de bain, et faisait des sourires à celles qui lui rendaient son regard, et je l'imaginais, plus jeune, en tombeur de midinettes, accrochées aux pans de sa veste de chanteur.

Il était temps de rentrer, nous devions encore mettre de l'essence dans la voiture, acheter quelques provisions et des boissons, et vérifier le matériel et les tenues pour le concert.

— C'est formidable, Papa. Il paraît que ce festival a pris beaucoup d'ampleur ces dernières années. Tu vas chanter devant des centaines de personnes !
— Oui, je me souviens y être allé en spectateur, il y a longtemps, mais jamais je n'aurais osé imaginer chanter là-bas ! Il y aura des groupes très connus, je vais me sentir tout petit.
— T'inquiète pas, tu as ta place. Ils ne te feraient pas venir, sinon.
— C'est vrai, ce que tu dis.

Après une soirée musicale, et une petite explication pour les voisins qui trouvaient que le volume avait beaucoup augmenté ces derniers jours, et que nous invitâmes à venir voir mon père au festival, ce qui les impressionna, je me couchai plein d'optimisme. J'avais hâte d'être au lendemain.

Arrivés en fin de matinée, l'ambiance était tendue à Saint Jean de Monts, et nous avions du mal, Papa et moi, à nous y retrouver parmi les innombrables personnes en charge de l'organisation du festival. Un visage sympathique apparut devant nous, c'était le moment de se présenter.

— Nous sommes invités pour chanter ce soir. Je suis Fabien.
— Fabien comment ? Il faut aller voir le monsieur, là-bas, c'est lui qui a le listing des artistes, il vous dira comment ça se passe.
— Très bien.

En effet, le monsieur se rappela aussitôt qui était mon père.

— C'est moi qui vous ai appelé, je suis le régisseur. Nous avons eu un retour très positif sur vous, et sommes très heureux que vous puissiez être là. On se tutoie ?
— Bien sûr, merci de ton accueil.

— C’est ton fils ? Alors voilà comment ça va se passer. Je vais vous conduire aux loges, vous verrez, c’est un peu spartiate mais ça va. Tu pourras laisser ton matériel. A quinze heures, répétition générale ! Sois à l’heure. Puis chacun se prépare pour le concert. Des questions ?

— C’est parfait, je crois que je n’ai pas de question, ou peut-être l’ordre de passage ?

— Voici un programme, et quelques détails d’organisation. Tu seras dans la deuxième partie, au début. Vous dormez sur place ?

— Non, merci. Nous rentrons aux Sables après le concert.

Papa s’empressa de vérifier qui passait juste avant, et juste après lui. Heureusement, ce n’étaient pas les pointures qu’il redoutait tant. Il préférait passer entre des inconnus comme lui, en se disant qu’ainsi, il parviendrait peut-être à tirer son épingle du jeu. Eh oui, même chez les artistes, la compétition peut s’inviter aussi.

Il ne nous restait plus qu’à aller déjeuner tranquillement quelque part, et revenir pour la répétition. Nous croisâmes quelques chanteurs que mon père reconnaissait, et dont il m’indiqua le nom et le style de musique. Il semblait complètement dans son élément, et je ne doutais pas qu’il entre rapidement dans une phase de concentration telle que j'avais déjà pu observer chez Jonas ou au café des Lagunes.

Dans la rue principale de Saint Jean, un petit café-restaurant nous tendait les bras. Papa préférait manger léger, il se contenta d'une ratatouille maison alors que je commandai un gratin de fruits de mer. Je le regardais, tout en buvant mon jus de fruits, il semblait contrarié.

— Tu as dit à ta mère que j'avais chanté ?
— Non Papa, l'occasion ne s'est pas présentée.
— Elle ne t'a pas demandé ce qu'on faisait de nos soirées ?
— Elle m'a juste demandé si ça se passait bien, si je m'amusais. Je lui ai dit que c'étaient des super vacances.
— Je crois que le concert de ce soir est retransmis en direct à la télévision locale, si ça se trouve …
— Elle est en Espagne, maintenant.
— Ah oui ! C'est vrai, j'avais oublié. Avec son avocat j'imagine.

Je préférais changer de sujet.

— Je filmerai toute ta prestation, tu pourras te revoir juste après si tu veux.
— Super, fiston, ça c'est bien.

Trois heures à peine plus tard, ça y est, nous y étions. C'était la répétition générale, la grande préparation, pour de vrai, avec un encadrement professionnel, du matériel de compétition, du décibel de haute qualité. Les techniciens, les organisateurs, les artistes, tout le monde était sur le pied de guerre, prêt à se donner à fond pour que le public soit séduit. Je me faisais tout petit, portant les affaires de Papa, me faufilant entre les installations et les mises en place de dernière minute. Je pouvais sentir la tension monter, l'exaltation des musiciens, la transe des artistes. Attentif aux directives de positionnement sur la scène, et aux réglages de la sono, Papa se montra grandiose aux essais, lorsque ce fut son tour. Certains ne présentaient qu'une seule chanson, d'autres deux ou trois, et il était parmi ceux qui occuperaient le plus longtemps l'espace. Ce qui signifiait que personne ne pourrait le manquer.

— Comment tu te sens, Papa ?
— Heureux.

Je le laissai juste avant le début du concert, lorsque l'espace extérieur dédié ne put plus accueillir le moindre spectateur supplémentaire, et je partis m'installer dans un coin des coulisses, d'où je pouvais voir la scène. C'était bien mon père qui allait chanter là ce soir, auprès d'artistes confirmés, devant près d'un millier de personnes, avec sa guitare, et ses chansons. Mon père, dont je disais lorsque j'étais petit à tous mes copains de classe qu'il était chanteur, et dont j'étais si fier. Les premières notes se firent entendre, le public acclama le premier groupe qui entrait en scène, une formation de pop électronique assez connue …

Lorsque je retrouvai Papa, près de deux heures et demi plus tard, il discutait avec des musiciens et une choriste, autour d'un verre de vodka.

— Et voilà mon fils, Nathan ! Nathan, je te présente Délia, John et Franck, ils sont du groupe Flowers, tu as aimé ?
— Oui, bravo, c'était génial.
— Et moi ?
— Tu étais parfait, Papa, le public a adoré, c'était géant !

— Merci fiston. On va y aller, dis-donc, tu veux boire quelque chose ? On peut fêter ça, quand même !
— Non, merci, je vais conduire.
— Bonne idée ! Ciao Délia, ciao les gars ! A bientôt j'espère !

Pendant le trajet du retour, mon père me posa mille questions sur la façon dont sa voix, sa musique, avaient rendu auprès du public. Les réglages étaient-ils bons ? La lumière pas trop agressive ? Son attitude ? Son style vestimentaire ? La prochaine fois, ne faudrait-il pas tenter le blouson de cuir ? Est-ce que les gens parlaient pendant qu'il chantait ? Les premiers rangs semblaient-ils apprécier ?

Je lui répondis que tout s'était très bien passé, que les spectateurs l'avaient beaucoup applaudi, qu'il pourrait se revoir sur le film et même sans doute à la télévision quand le concert serait retransmis, que ç'avait été un énorme moment, un des plus forts de ma vie.

— Ohlàlàlà ! J'arrive pas à croire que ça s'est vraiment passé, c'est fou !

Il était à présent sur un nuage, comme s'il se repassait tout le déroulement de cette journée dans sa tête, un sourire béat sur les lèvres. J'aurais pu griller des stop, ignorer les limites de vitesse, des priorités, il n'aurait rien vu. Les histoires de divorce, de bébé, de mère autoritaire, étaient loin, très loin de nous ce soir-là.

Arrivés à l'appartement, après avoir avalé rapidement un sandwich à cette heure tardive, l'excitation ne redescendait pas, impossible de dormir. Je voyais la lumière sous la porte de la chambre de Papa, il devait être dans le même état que moi. Je pris mon téléphone, j'avais un message d'Alizée auquel je répondis avec enthousiasme :

« *Alors ? C'était comment, le concert ? On se voit samedi ?* ».

« *Une tuerie, mon père a tout cassé, c'était géant ! OK pour samedi.* »

Et un autre de Léo.

« *On se retrouve demain à 15h à la maison ?* »

Je m'empressai d'y répondre aussi :

« *Ok, je viens avec mon matériel.* »

Voilà qui se présentait très bien. Je pouvais me lever tard et aller montrer mon programme informatique à mon ami, qui m'aiderait à le finaliser. Un bel après-midi en perspective.

Je finis par m'endormir en pensant que la vie était tout de même bien faite, sur certains aspects, et que j'avais de la chance d'avoir ces parents-là, et d'avoir rencontré cette bande de copains.

# CHAPITRE XII

Je commençais à me sentir vraiment bien, pendant ces vacances. Nous étions aux Sables depuis deux semaines et demie, c'était le dix-neuf juillet, cinq jours avant mon anniversaire, et les choses étaient allées très vite. Papa avait tout de suite trouvé des endroits pour se produire, ou presque, ce qui lui permettait de se remettre de ses déceptions avec Maman, et je sentais que nous nous rapprochions encore l'un de l'autre au travers de ce défi qu'il s'était fixé. On dit que les rapports entre père et fils sont parfois tendus, que la communication est difficile, mais même si c'était parfois le cas pour nous aussi, nous avions tout de même échangé sur le principal et nous sentions plus légers. L'avenir s'annonçait donc clair et optimiste.

Après un petit déjeuner aux allures de brunch, pris aux alentours de midi avec une musique douce en fond sonore, nous pouvions nous prélasser un moment dans le canapé, regarder des niaiseries à la télévision, et profiter de l'air iodé de la mer qui entrait généreusement par la fenêtre du séjour. L'appartement était idéalement orienté, plusieurs pièces donnaient sur la mer, et le soleil pénétrait dès le matin dans la cuisine, produisant un effet de gaieté immédiat. Mon père paraissait ne pas quitter l'état d'euphorie qui l'avait gagné à la fin de son tour de chant, lorsqu'il s'était rendu compte que sa performance avait déclenché un bruyant enthousiasme auprès du public.

— Je ne me lasse pas de regarder le film du concert. Tu étais bien placé, fiston, une vue sur la scène, le public, les musiciens, tout ! Je vois exactement ce que je peux améliorer. C'est sûr, la prochaine fois, je ferai encore mieux.
— C'était super, Papa. On pourrait retourner voir Jonas et la patronne du café des Lagunes, ils te reprendront, c'est sûr.
— Et peut-être bien que le festival me proposera une autre date en août, le régisseur m'a dit qu'il me recontacterait, ça serait super. Aujourd'hui, je vais juste profiter et me prélasser à la plage. J'ai besoin de décompresser, je serais incapable

de faire quoi que ce soit d'autre. Tu vas toujours chez cet ami, Léo ?

— Oui, il m'invite chez lui, on va parler informatique, c'est une tête, il va m'aider.

— … On est bien ici, hein, Nathan ?

— Ah oui, on est très bien, Papa.

A trois heures moins dix, je sortais de l'appartement seul, chargé de mon nouvel ordi et de quelques accessoires indispensables pour faire des simulations. Léo m'avait indiqué son adresse, et je trouvai très facilement car il n'y avait pas trente-six immeubles couleur rose saumon à côté du zoo. Il habitait au quatrième, il y avait un digicode.

— Tu prends l'ascenseur, à droite en entrant dans le hall, je t'ouvre.

J'entrai et il me tendit la main, que je serrai comme nous avions l'habitude de le faire entre copains, les doigts recroquevillés comme un crochet, les uns dans les autres.

— Tu viens poser tes affaires dans ma chambre ? C'est là que j'ai tout mon matos.

— OK, tes parents sont pas là ?
— Non, ils travaillent. On est tranquilles jusqu'à six heures et demie. On part en vacances dans trois semaines, mais d'ici là, je suis tout seul à la maison dans la journée. Ma grande sœur travaille, cet été. Comme ça, je suis peinard pour faire ce que je veux. C'est ça, les vacances !
— Tu t'entends bien avec ta sœur ?
— Oui ça va, elle est sympa. J'aurais préféré avoir un frère mais bon. Maintenant, elle est grande, elle est souvent absente, elle va sûrement partir dans un an ou deux, pour ses études. Elle veut être avocate.
— Ma mère est avocate. Mais mes parents sont divorcés. Je suis avec mon père pour les vacances. Je vais aussi avoir une petite sœur, bientôt, ma mère est enceinte.
— Coool. Une petite sœur à seize ans, c'est chouette. Et un père chanteur, ça, c'est la classe !

Sa chambre était un vrai repère de geek. Plusieurs ordinateurs trônaient sur un bureau gigantesque, et le lit paraissait tout petit, relégué dans un coin de la pièce. Une fenêtre donnait sur une petite rue calme, le volet était baissé à demi pour ne pas gêner la vision sur les écrans. Léo devait passer beaucoup de temps ici, lorsqu'il n'était pas avec les copains. Il y avait des canettes de soda, des paquets de chips entamés et des vieux emballages de sandwich qui traînaient, mais les ordis étaient, eux, impeccables. On voyait qu'il en prenait grand soin. Je le regardai pendant qu'il portait à sa bouche une canette de coca entamée. Il était grand, même pour ses dix-sept ans, bien plus grand que moi. Il portait, comme à chaque fois que je l'avais vu, un bermuda en jean léger, et un tee-shirt coloré, qui faisait ressortir son teint hâlé et ses yeux noirs. Ses cheveux foncés étaient un peu décolorés par le soleil et la mer, sur les pointes, et il paraissait peu musclé, le sport n'étant sans doute pas sa passion, tout comme moi.

— Tu veux boire quelque chose ? J'ai de la bière aussi.
— Non merci, pas pour l'instant.
— Alors on y va ? Tu me montres ton programme ?

Je ne vis pas le temps passer, et les heures défilèrent à toute vitesse à partir de ce moment-là. Léo était passionnant, il connaissait tout, me conseillait comme un professionnel, semblait aborder chaque étape avec une grande facilité. J'étais admiratif, et lorsque sa mère frappa à la porte de la chambre, j'avais l'impression que j'étais là depuis une heure à peine. Pourtant, il était déjà dix-huit heure quarante.

— Bonjour, tu es Nathan n'est-ce pas ? Tu veux manger avec nous ?
— Oh non, merci Madame, mon père m'attend, je vais y aller.
— Très bien, comme tu veux. Léo, tu rangeras ta chambre, s'il te plaît.
— Oui oui, Maman.

Léo me regarda en me faisant un clin d'œil, il n'avait certainement pas l'intention de ranger de sitôt. Puis il m'aida à rassembler mon matériel, et me raccompagna à la porte.

— Tu veux qu'on remette ça ? La semaine prochaine, si tu veux, lundi ? Et puis on se voit ce week-end, avec les autres ?
— Merci Léo, tu m'as beaucoup aidé. Oui, tu pourrais venir à l'appartement cette fois ?
— Ok, bonne soirée, à plus.

Il me tendit la main, et je sentis que quelque chose de fort se nouait entre nous, en même temps que nos doigts s'accrochaient. Je rentrai ravi et plein de nouvelles idées de programmations de toutes sortes. Je m'entendais vraiment bien avec Léo, et j'avais hâte de renouveler l'expérience.

Avec Papa, nous avions prévu de dîner à l'extérieur. Mais lorsque j'arrivai à l'appartement, il m'annonça que nous ne serions pas seuls tous les deux.

— Tu te rappelles de Délia, au festival ?
— Délia ?
— Oui, la choriste, tu sais, tu l'as vue après le concert, elle fait partie du groupe Flowers.
— Ah ! Oui.
— Je l'ai rencontrée par hasard, sur la plage, cet après-midi. Je l'ai invitée à dîner avec nous, elle est toute seule.
— Elle n'est pas avec le groupe ?
— Elle les rejoint demain, ils partent pour un concert à La Rochelle. Tu pourrais inviter Alizée, de ton côté.

Il pensait certainement que je me sentirais plus à l'aise si moi aussi, j'étais « accompagné », mais ça ne me tentait pas du tout de jouer au petit couple, qui suit le grand.

— Oh non, merci Papa. Ça fait trop gros, là. J'y tiens pas.
— Trop gros ? Bon, comme tu veux.

J'étais un peu surpris que cette chanteuse, rencontrée brièvement au festival, passe la soirée avec nous, comme ça. Mais je savais que mon père avait la relation facile et que le milieu des artistes était très ouvert, alors si ça pouvait lui faire plaisir … Je me changeai et nous sortîmes tous les deux, pour aller la rejoindre directement chez Jonas, près de Notre Dame de Bon Port. Je m'aperçus seulement alors qu'il s'était mis sur son trente-et-un ; costume clair, chemise ouverte et sandales fermées, cheveux plaqués en arrière, on pouvait lui donner dix ans de moins. Justement, il me semblait bien que Délia était beaucoup plus jeune que lui.

Nous arrivâmes chez Jonas, qui nous attendait depuis que Papa avait téléphoné pour réserver pour trois, en terrasse.

— Ah, voilà mon chanteur préféré ! Salut mon pote ! Salut Nathan ! Alors, comment se passent les vacances ? Tu reviens chanter quand ?

— Eh bien, ça se passe plutôt pas mal du tout, tu sais que j'ai chanté à Saint Jean, pour le festival mobile ?

— Oui, j'ai eu ton message. Malheureusement, je ne pouvais pas y aller à cause du restau. Mais je suis sûr que tu as fait un tabac.

— J'ai le film, je te montrerai quand tu auras deux minutes. Au fait, c'est une choriste qui vient dîner avec nous ce soir, je l'ai rencontrée là-bas.

— Sacré Fabien ! Et toi, Nathan, tu n'as pas rencontré de jolie nana ici ? Ça m'étonnerait bien.

— Mais si, il en a rencontré une, mais il est timide, mon fils !

— Allez, je vous donne la carte, et si tu veux chanter, la semaine prochaine, c'est possible mardi ou mercredi, ou même vendredi si tu veux.

— Super ! Je prends les trois !

— Chiche ?

— Chiche.

— Génial, je te paierai cette fois, tant que t'es pas encore trop cher pour moi !

Papa me lança un coup d'œil, il était fier de me montrer qu'il avait réussi son pari. Je lui souris avec une sincère admiration, il dépassait tous nos espoirs.

Délia arriva à ce moment-là, fraîche et souriante comme une nymphe. Elle avait un petit côté très nature, très agréable, et le cultivait par une coiffure lâche et une robe à fleurs. Vraiment, elle était charmante et les autres clients la regardaient avec envie. Nous nous levâmes pour l'accueillir, et Jonas, qui œuvrait à la table d'à côté, se retourna pour la saluer également. Je notai au passage un clin d'œil complice à mon père, pas très discret d'ailleurs, que la jeune femme ne pouvait pas ne pas avoir remarqué elle aussi, même si elle fit semblant de l'ignorer. Papa l'embrassa sur les joues, et elle s'approcha ensuite de moi pour faire de même. Je me laissai toucher par cette peau ferme et douce, qui sentait la crème solaire. Délia s'installa en face de Papa, visiblement ravie de le revoir.

— C'est sympa ici. J'ai passé l'après-midi à la plage. Et vous ?

Mon père raconta qu'il était aussi à la plage, et que, s'il avait su, ils auraient pu s'y retrouver. Je me demandais si ce n'était pas ce qu'ils avaient fait pendant que j'étais chez Léo, sans oser me le dire. Peut-être avaient-ils pensé que je serais choqué, et qu'il était préférable de me laisser croire à un simple dîner entre amis, sans conséquence. Mais tout cela me paraissait peu crédible. Ils avaient très bien pu se quitter avant que je revienne, et faire semblant de se retrouver seulement maintenant. D'ailleurs, plus j'observais mon père, et plus je le trouvais bizarre. Il se tenait très droit, portait sur son visage un sourire un peu figé, passait sa main dans ses cheveux collés en arrière, cinquante fois par seconde, et ne quittait pas son amie des yeux. Elle s'adressa alors à moi.

— Et toi, Nathan, qu'est-ce que tu as fait cet après-midi ?

Encore un indice, car personne n'avait dit clairement que je n'étais pas à la plage avec mon père. Donc elle le savait, donc elle était peut-être avec lui. Après tout, peu m'importait, c'était même plutôt amusant. Je décidai d'en jouer un peu.

— J'étais avec Papa, à la plage.

Tous les deux ouvrirent de grands yeux, puis se regardèrent, comme s'ils ne comprenaient pas. J'avais donc raison. Le regard de mon père se tourna ensuite vers moi, exprimant le plus grand étonnement. Je riais intérieurement de ma petite plaisanterie, mais mon visage était des plus sérieux, détaché et naturel, juste ce qu'il fallait. Il n'osa rien dire, craignant sans doute ma réaction, et je me tus aussi, poussant jusqu'au bout la farce. Il sembla comprendre ; il savait que je savais qu'ils ne m'avaient pas tout dit. Deux ou trois secondes de plus s'écoulèrent sans un mot, puis Papa s'empressa de changer de conversation et se tourna vers Délia.

— Tu chantes à La Rochelle demain ? C'est un gros concert ?

Pendant tout le repas, ils discutèrent musique, tours de chant, projets professionnels, et je dois dire que je trouvais cela tout aussi passionnant qu'eux. Ils avaient l'air de vraiment bien s'entendre, ils étaient sur la même longueur d'onde.

— Tu connais Jal Cobe ?
— Bien sûr ! Je le suis depuis le début, j'adore !

— Moi aussi, c'est un bassiste de génie, et figure-toi que je l'ai rencontré !

— Pas possible ! Comment t'as fait ?

— Par hasard, une audition que je passais pour chanter sur le disque de Franck Lagne, tu vois qui c'est ?

— Très bien, la classe !

— Sauf que j'ai pas été prise, mais c'est pas grave. Ils se connaissent tous les deux, et Jal est venu le saluer au studio, un soir. C'est là que je l'ai croisé. Il est resté un petit moment, il a assisté à quelques auditions, dont la mienne !

— Incroyable !

— Quand il est reparti, je lui ai glissé ma carte, on ne sait jamais, tu vois ?

— En attendant qu'il t'appelle, on pourrait chanter ensemble, toi et moi.

— Ahah ! Je ne pense pas qu'il m'appellera. Mais pourquoi pas ? On est assez libres, chez les Flowers, je ne dis pas non.

— On fera un essai, si tu veux.

Voilà qu'ils faisaient déjà des projets ensemble, c'était le coup de foudre, ou ça y ressemblait. De temps en temps, Papa parvenait à détacher son regard de la jeune femme, et s'adressait à moi.

— Elle est bonne, ta quiche, Nathan ? Tu veux une bière ? Ça te dit qu'on aille faire un match de volley, demain ?

Je voyais bien qu'il essayait de m'inclure dans la conversation, pour que je ne me sente pas trop seul. Mais il n'avait pas besoin de faire tout ça, j'étais serein, je profitais, tout allait parfaitement, et j'étais content pour lui comme je l'avais été pour ma mère quand elle m'avait présenté Yanis avec l'espoir que je comprenne. Les adultes sont souvent gênés ou se sentent coupables de ce qu'ils font, vis-à-vis de leurs enfants. Mais je n'étais plus un enfant, j'étais presque un adulte, moi aussi.

Après le dîner, et une confirmation auprès de Jonas que Papa viendrait bien chanter trois soirs la semaine suivante, Délia proposa une promenade en bord de mer. Mais après une demi-heure de marche, je commençais à fatiguer. Mon après-midi avec Léo avait été intense, et je commençais à rêver de mon lit.

— Papa, ça ne te dérange pas, si je rentre ? Je peux y aller tout seul.
— Comme tu veux, fiston. Je te rejoins bientôt, pars devant.

Je saluai donc la jeune femme et les laissai tous les deux sur la plage, à quelques centaines de mètres de l'appartement. Plus tard, lorsque mon père ouvrit la porte, je me réveillai mollement, et jetai un coup d'œil à mon réveil : il était six heures du matin.

# CHAPITRE XIV

Le samedi, nous partîmes mon père et moi pour la plage en début d'après-midi pour une séance de volley, puis je passai le reste de la journée avec le groupe d'Alizée et Léo, et le dimanche matin, à peine mon petit-déjeuner pris, je m'installai sur mon ordinateur. Papa se leva à midi, il semblait flotter sur un tapis d'ouate et de béatitude. Il tapotait sur son téléphone tous les quarts d'heure, comme un adolescent. Inutile de chercher avec qui il pouvait discuter comme ça, les yeux ronds comme ceux d'un hareng sur l'étal.

Après un après-midi pluvieux et un peu chaotique, entrecoupé de siestes, de repas anarchiques, et de bonnes tranches de sport sur canapé -Formule 1, boxe et tennis à la télévision, que nous regardions Papa et moi d'un œil distrait-, et au terme d'une longue nuit, le lundi matin se présentait plus actif. D'abord, nous devions refaire le plein du frigo, qui ressemblait à une caverne abandonnée, mais surtout, j'avais prévu de recevoir Léo à l'appartement, et il fallait donc faire un peu de ménage. Papa proposa de m'aider, et nous attaquâmes le nettoyage de la salle de bains vers dix heures, après un rapide aller-retour à la grande surface la plus proche. A midi, l'appartement était nickel, prêt à recevoir mon ami, qui devait arriver après le déjeuner.

— Je suis content de faire sa connaissance. Il rentre en première, lui aussi ?
— Non Papa, il a un an de plus, il rentre en terminale, ici, aux Sables.
— Tu pourrais lui proposer de nous accompagner, demain soir, pour le concert chez Jonas. Qu'est-ce que tu en dis ? Il aime la musique ?
— Oui, super bonne idée ! Tu vas voir, il est génial.
— Tant mieux. Bon, on mange ? Et puis après, tu appelleras ta mère, parce qu'elle doit s'inquiéter.

Lorsque Papa parlait comme ça, c'est qu'il était serein. Pas de rancœur, de signe d'agressivité ni de déception envers Maman, et la volonté de se montrer fort, malgré la « trahison ». Pourtant, je comprenais très bien qu'il ait eu besoin de temps pour admettre qu'elle refasse sa vie aussi vite, et attende déjà un enfant d'un autre. Il n'avait pas souhaité la séparation, il subissait les évènements qui s'enchaînaient en cascade, l'excluant définitivement de sa vie.

Par ailleurs, il ne me parlait plus de mon anniversaire, le lendemain. Avait-il oublié ou me préparait-il une surprise, comme il l'avait promis ?

Léo arriva peu de temps après mon coup de fil à Maman, qui profitait du farniente en Espagne et se portait très bien. Je fis des présentations rapides, mais il tenait à féliciter Papa pour ses performances musicales.

— Je voulais vous dire que j'adore vos chansons, vraiment !
— Merci beaucoup Léo. Justement, demain soir, je chante dans une brasserie du centre-ville, tu voudras venir avec nous ?
— Ah oui, très bonne idée ! Merci Monsieur ! Il faudra juste que je demande à mes parents.

J'entraînai mon ami vers ma chambre, où les ordinateurs nous attendaient. Je voulais faire une surprise à Papa, et préparer avec Léo une présentation de ce nouveau programme sur lequel je travaillais depuis plus d'un mois.

— On met tout en place, et puis après, on l'appelle pour lui montrer ! Il va pas en revenir !

Une bonne demi-heure après, c'était prêt. Nous fîmes venir mon père et je lançai la démonstration que nous avions imaginée à partir d'une sélection de ses chansons. Il était fou d'excitation.

— C'est génial ! Je peux tout retravailler sans instruments, uniquement avec les programmes que tu as créés !? Et c'est une aide à la composition de mélodies, c'est génial ! Bravo fiston, je suis fier de toi ! Merci à toi aussi, Léo.

Il m'attira vers lui et m'embrassa, et Léo sourit de satisfaction. Nous pouvions réaliser tant de simulations et de maquettes que c'en était presque un jeu d'enfant, pour peu d'avoir le talent créatif. Durant deux heures, Léo et moi lui montrâmes tout ce que le programme recelait comme subtilités et nuances, et la richesse des détails que j'avais intégrés un à un. Ce fut un moment magique de partage, entre passionnés, dont, qui plus est, mon père. Un des meilleurs moments que je vécus avec lui.

Léo resta jusqu'au soir, et dîna même avec nous, ce qui lui permit de goûter aux fameuses tartes salées de Papa. Il trouvait notre vie de vacanciers bien sympathique.

— J'aime bien être tranquille, mais parfois, j'aimerais aussi que mes parents aient autant de temps à me consacrer que ton père. Mais ils travaillent tout le temps ! Ils ne savent même pas tout ce que j'ai pu réaliser sur mes ordis, ils n'ont pas le temps de s'y intéresser.

Encore une fois, je mesurais la chance que j'avais, même si seul mon père pouvait m'accorder tout ce temps, et que c'était parce qu'il n'avait plus de travail. Le dîner terminé, nous pouvions encore regarder un match de basket à la télévision, et nous installâmes comme trois potes, serrés sur le canapé un peu juste. On était vraiment bien. Puis Léo nous quitta, après avoir convenu ensemble de nous retrouver le lendemain soir directement chez Jonas, pour le concert.

— Il est très sympathique, ton copain Léo. Même présentable à Maman, elle qui craint pour tes fréquentations !

Le mardi matin, je m'éveillai vers neuf heures et après quelques minutes de somnolence paresseuse, me rappelai tout à coup que c'était le jour de mon anniversaire, le vingt-quatre juillet. J'allais donc enfin savoir ce que Papa m'avait préparé comme surprise. Je tendis l'oreille pour savoir s'il était levé, et si je pouvais faire de même, sans risquer de gâcher son effet. Pas de bruit. Je me levai et par ma porte entr'ouverte, jetai un œil. Rien. Peut-être que ce n'était pas pour ce matin. Je sortis donc de mon antre et m'avançai vers la cuisine. Il était là, tranquillement assis, en train de boire son café en lisant le journal local, comme tous les jours.

— Bonjour fiston. Je vois qu'il y a une soirée organisée pour fêter les cinquante ans du Zoo, en août. Peut-être qu'ils cherchent un chanteur, ça pourrait être bien, qu'est-ce que tu en penses ?

— Bien sûr, Papa. Tu dois les appeler, il faut te montrer le plus possible. Tu es prêt pour ce soir ?

— Tout à fait prêt. Et remonté comme une pendule.

La matinée s'écoula tranquillement. Léo et moi nous envoyions des messages où nous plaisantions sur des trucs de notre âge ; des vidéos vues sur internet qui nous faisaient rire, des blagues d'ados partagées avec notre groupe de potes le dimanche … pendant que Papa sortait sur le mini-balcon pour téléphoner de son côté, sans doute à Délia. Après le déjeuner, il était temps de commencer à se préparer. Répétitions, essayage de tenues, derniers réglages, finalisation du choix des chansons, nous étions rôdés et enchaînions les tâches comme des professionnels.

— On part dans une heure, comme ça, on aura le temps de tout installer, là-bas. Je veux que tout soit parfait, et je veux un son de ouf !

Je confirmai à Léo que nous y serions à dix-huit heures, il avait eu l'autorisation de ses parents, il pouvait nous rejoindre sur place.

Pendant tout ce temps, aucune allusion ne fut faite à mon anniversaire, qui finissait de s'écouler sans le moindre espoir d'une quelconque surprise. Peut-être que Papa était tellement concentré sur cette soirée qu'il avait oublié cette date. Peut-être qu'il allait réaliser tout à coup, ou qu'il me faisait marcher et avait prévu quelque chose après le concert. Mieux valait attendre et voir. Ce n'était pas si grave, j'avais seize ans, rien d'extraordinaire non plus, comparé à tout ce que nous avions déjà vécu depuis que nous étions arrivés aux Sables.

Nous approchions du Soleil Rouge, la brasserie de Jonas, lorsque j'aperçus Léo qui discutait dans la rue avec un jeune du groupe. Je laissai mon père entrer avec le matériel et les rejoignis.

— Salut Nathan ! Alors, c'est lui, ton père ?
— Salut Aymeric, oui, c'est lui. Il chante, ce soir, tu veux venir avec nous ?
— Je peux pas, dommage, on est invités dans la famille, ce soir, je dois rentrer. Vous filmez, hein ! On se voit ce week-end !

Léo et moi entrâmes donc à notre tour pour retrouver Papa, qui remuait fermement un fil afin de le désentortiller et de finir ses branchements.

— On va faire quelques essais, pendant qu'il n'y a pas beaucoup de monde. Vous allez m'aider.

Tout fut réglé au millimètre près à dix-huit heures quarante-huit précisément. Papa semblait satisfait, il pouvait boire un verre avant le début du tour de chant, annoncé pour dix-neuf heures. Entre temps, beaucoup de monde s'était installé, en majorité des gens qui avaient réservé pour voir le concert, et Jonas dut rajouter des tables, ce qui fait que la salle était archi pleine, avec en plus d'autres personnes qui se massaient, debout, dans les coins. Si ça n'avait pas été dans un petit café des Sables, on aurait pu croire qu'on attendait une star. J'étais prêt à filmer.

Enfin, à dix-neuf heures pile, la musique fut lancée et mon père, debout devant son public, attrapa son micro pour entamer sa première prestation. Léo et moi étions assis juste en face de lui, à quelques mètres, et la lumière s'abaissa de notre côté, pour mieux éclairer l'artiste. Mais au lieu de chanter la chanson prévue, qui parlait d'un homme en proie au remord, mon père joua à la guitare quelques notes qui m'étaient étrangères. Je ne connaissais pas cette introduction, je ne l'avais jamais entendue auparavant, je me demandais ce qui se passait. Je regardai Léo, qui me sourit bizarrement, sans rien dire. Puis, mon père entonna ces quelques paroles, en regardant dans ma direction.

*Je ne sais pas vraiment qui tu es, toi qui me ressemble*

*Pourtant je voudrais tout t'apporter, et si parfois je tremble*

*C'est que l'on te fasse souffrir, que l'on te blesse*

*Les parents ne doivent à leurs enfants, que des caresses*

*Un jour proche, tu t'en iras, tu vivras loin*

*Ce jour-là je ne sais pas, ce que deviendra notre lien*

*J'aurai aimé une fois au moins, grâce à toi mon enfant*

*J'aurai connu l'amour vrai, celui que j'ai pour toi, mon enfant*

*Les moments les plus doux et les plus heureux de ma vie*

*Je te les dois, toi qui tiens ma main de moins en moins*

*Souviens-toi de moi s'il te plaît*

*Je partirai mais au travers de toi, je vivrai*

*Mon fils, tu as seize ans aujourd'hui, je t'aimerai toute la vie ...*

Je compris seulement à la fin que la chanson parlait de moi. J'étais ému. La surprise, car c'était cela la surprise annoncée pour mon anniversaire, m'avait cueilli si soudainement que je ne savais comment réagir. Un projecteur vint se poser sur moi, et toute la salle applaudit, créant une onde de vibrations qui semblaient ne jamais vouloir s'arrêter. Je remerciai mon père du regard, Léo applaudissait aussi, et souriait toujours.

Puis, la musique reprit sur une autre mélodie, familière, celle-là, et Papa reprit le cours du concert, comme si de rien n'était.

Alors que j'étais encore sous le coup de l'émotion, et que la salle tournait à nouveau ses regards vers la scène, Léo se pencha un peu vers moi, et posa sa main sur ma cuisse, discrètement, en dessous de la table.

Je le regardai avec étonnement, mais ne bougeai pas. Je le laissai faire.

Puis je me tournai vers lui, sa main pressant toujours doucement sur ma cuisse, et lui chuchotai.

— Tu savais, pour la chanson ?
— Oui, ton père m'avait prévenu, il voulait te faire un cadeau unique.

Le morceau en cours était terminé, Papa recevait ses applaudissements et se préparait à poursuivre, l'ambiance montait crescendo dans la salle. Léo retira sa main lentement, la chaleur de sa paume s'évanouit trop rapidement, j'aurais voulu qu'il la laisse encore un peu.

# CHAPITRE XV

Tantôt bercés, tantôt saisis par la musique de Papa, qui enchaînait des morceaux lents et rythmés, nous ne prononçâmes plus un mot jusqu'à la fin de la prestation. Je ne me sentais pas gêné par le geste de mon ami, je tenais simplement à savourer le moment, et savoir qu'il était là, tout près de moi, me suffisait. La salle était conquise, Jonas ne cessait de sourire, applaudissait, vantait son chanteur auprès des clients, leur racontant son histoire, expliquant qu'ils se connaissaient depuis l'enfance, que c'était un garçon du pays, qu'il irait loin et qu'il fallait profiter maintenant de sa présence, avant qu'on se l'arrache.

Lorsqu'il chanta les dernières notes, il reçut une salve d'applaudissements qui résonnèrent certainement dans tout le quartier. Les passants devaient se demander qui avait pu déclencher un enthousiasme pareil. Il traversa difficilement l'espace entre les tables pour nous rejoindre, recevant des compliments au passage, des poignées de main, des félicitations, et finit par venir m'embrasser en me serrant dans ses bras.

— Bon anniversaire, fiston ! Je t'aime.
— Je t'aime aussi, Papa. Merci pour ce cadeau magnifique. C'était très beau.
— Et toi, Léo ! Tu as aimé ?
— Ah oui, beaucoup, Monsieur, c'était formidable. Bravo !
— Merci. C'est grâce à Nathan, tout ça. Sans lui, je n'aurais jamais rechanté, et je n'aurais pas connu tout ça. Merci mon fils.

A ce moment-là, je me sentais plus que jamais le fils de mon père, et très fier de moi. Notre lien s'était construit depuis le premier jour, depuis ma naissance, et aujourd'hui, il se renforçait.

La soirée fut lumineuse. Certains spectateurs étaient partis après le concert, ravis, promettant de revenir pour le lendemain soir, avec des amis. D'autres, comme nous, restèrent manger, et Jonas fit en sorte que la magie se poursuive en maintenant une ambiance festive et chaleureuse. Il vint féliciter mon père plusieurs fois, lui rapportant les remarques de ses clients sur son indéniable talent.

— Si tu veux, je parlerai de toi à un pote, qui travaille dans une boîte de production. On ne sait jamais.

Je ne pus m'empêcher de penser à Maman, qui, si elle avait été présente ce soir, aurait évidemment félicité Papa et l'aurait encouragé à continuer, en constatant ses progrès et son succès. C'était dommage de ne pas partager ce moment avec elle, mais c'était comme ça.

Avant de se quitter, beaucoup plus tard dans la nuit, alors que nous avions raccompagné Léo à pied, devant chez lui, je lui glissai furtivement un petit mot dans la main. « *Bonne nuit. A bientôt, j'espère.* »

Puis nous rentrâmes, joyeux et chantonnant, Papa me tenant par les épaules, comme il le faisait souvent.

La nuit fut agitée, tant la soirée avait pris un tournant inattendu. Je me retournais sans cesse dans mon lit, avec l'impression de ressentir une nouvelle fois les émotions que j'avais pu avoir lorsque mon père avait chanté cette chanson pour moi, puis lorsque Léo avait posé sa main sur ma jambe, comme si j'y étais encore. Pour une journée d'anniversaire, commencée avec un peu de déception, on peut dire qu'elle s'était terminée en beauté.

Au réveil pourtant, je réalisai qu'il n'était que neuf heures. J'avais très peu dormi, et mon père encore moins que moi puisqu'il était déjà debout, en train de préparer des œufs.

— Il va falloir reprendre des forces, aujourd'hui. Pas de blague, je chante ce soir, je dois être en pleine forme. Tu en veux ?
— Oh non, merci Papa. Pas le matin, tu sais bien.
— Alors prends du jambon, et du pain.

Pour lui faire plaisir, je pris un petit quart de tranche de jambon. En même temps, je vérifiai si j'avais reçu un message de Léo. Rien pour l'instant, mais il était encore tôt. En revanche, j'avais un message d'Alizée qui datait d'à peine dix minutes.

« *Nous allons faire un tour en bateau aujourd'hui, avec mes parents. Ils vous invitent à nous rejoindre, ton père et toi, à quatorze heures.* »

Je fis part du message à Papa, qui engloutissait son troisième toast dégoulinant d'œuf brouillé. Il faillit s'étrangler.

— Vas-y si tu veux, mon grand, mais moi, tu sais, le bateau …

Je savais très bien. Depuis la mort affreuse de ses parents dans cet accident, Papa était opposé à toute idée de monter sur un bateau quel qu'il soit. Il ne pouvait pas en supporter l'idée, c'était comme une phobie qui s'était installée sans qu'il puisse rien y faire. Lui qui était originaire de la côte, il aimait toujours la mer, mais détestait les bateaux. Pour ne pas risquer de l'inquiéter si j'y allais seul, je remerciai donc pour la proposition, et expliquai que nous étions occupés car mon père chantait le soir et devait se préparer. Alizée répondit qu'elle allait voir s'ils pouvaient nous rejoindre au Soleil Rouge, et qu'elle me tiendrait au courant.

— Aujourd'hui, Nathan, j'aimerais bien que tu m'accompagnes pour choisir une nouvelle tenue, au centre commercial à l'entrée de la ville. Je voudrais changer de genre, peut-être un peu plus rock, tu vois ?

— Oui, bonne idée, Papa. Je voudrais aussi aller acheter une carte pour l'envoyer à Maman, lui dire que tout va bien, tout ça. Elle rentre dans trois jours, je crois, elle l'aura pour son arrivée. J'irai après le petit déjeuner, et après, on pourra faire ce que tu veux.

En réalité, j'avais très envie d'aller faire un tour du côté de chez Léo, pour essayer de le voir, ne serait-ce qu'un court moment. Je lui envoyai un message pour le prévenir, et me dépêchai de m'habiller.

Une fois dehors, je marchai d'un pas précipité en direction du zoo, sans quitter mon téléphone des yeux. Arrivé dans la rue de Léo, enfin, je reçus une réponse.

« *Je ne peux pas sortir, désolé, mes parents sont là. Nous partons en promenade, aujourd'hui. On se voit demain.* »

Je levai la tête, et l'aperçus, derrière la fenêtre de sa chambre, qui me faisait signe. Je répondis d'un geste de la main en souriant, un peu déçu, puis je repartis vers le centre-ville.

La soirée chez Jonas s'annonçait magnifique, une fois de plus. Dans le milieu de l'après-midi, Alizée m'avait envoyé un message pour me confirmer que la famille avait fini le tour en bateau, et qu'ils comptaient bien venir écouter mon père. Elle me demandait de leur réserver une table, ils seraient cinq car elle viendrait avec une amie.

« *Tu ne la connais pas, elle s'appelle Fiona, elle vient d'arriver en vacances, elle est super, tu verras.* »

Papa s'acheta un magnifique blouson de cuir marron, classe et sobre, qu'il comptait porter sur une chemise blanche et un pantalon de costume gris. Les essayages durèrent près d'une heure, car il voulait avoir une allure en accord avec sa personnalité artistique. Il était à fond, et moi aussi. Vers dix-sept heures trente, nous retrouvâmes Jonas à la brasserie, prêt à faire le plein une nouvelle fois. Il avait prévu plus de tables, plus de bouteilles, plus de tout.

— On va casser la baraque ! J'ai contacté la presse locale, j'espère que t'es en forme ?
— Je ne peux pas être mieux, merci Jonas, tu es formidable, je suis heureux de t'avoir retrouvé.

Papa semblait ému que son ami de jeunesse se plie ainsi en quatre pour lui. Voir qu'on croyait enfin en son talent, comme ça, après une absence de plusieurs années, le touchait beaucoup. La famille d'Alizée arriva à dix-huit heures, avec la fameuse Fiona, que j'avais complètement oubliée. Effectivement, elle avait l'air sympathique, et elle était très jolie. Je m'installai à la même table qu'eux, à côté d'elle. Elle semblait s'intéresser beaucoup à mon père.

— C'est cool d'avoir un père chanteur. Quelle chance !
— Oui, c'est pas mal.
— J'arrive juste en vacances, et toi ? Il a déjà fait des disques, ton père ?

Très sympathique, mais aussi très bavarde. Je crois qu'on ne m'avait jamais posé autant de questions que cette fille le fit, en vingt minutes. Alizée semblait nous surveiller en coin, comme si elle voulait juger de l'efficacité ou pas du charme de son amie sur moi. Heureusement, le concert débutait, ce qui fit taire Fiona, j'étais sauvé.

Le look de Papa était parfait, et le nouveau choix de chansons qu'il avait fait également. Les parents d'Alizée, sa sœur et son amie étaient époustouflés, ils ne cessaient d'exprimer leur admiration et leur plaisir. A la fin de la prestation, mon père rechanta ma chanson, celle qu'il avait écrite pour moi, ce qui ne manqua pas d'émouvoir le public une nouvelle fois. Ce moment me ramena à la soirée précédente, et au geste de Léo …

Alors que j'allai au bar commander une nouvelle tournée de bières et de jus de fruits, je sentis une main sur mon épaule. C'était Alizée, qui venait m'aider à transporter les boissons. Elle avait un regard malicieux.

— Alors Nathan ! Tu la trouves comment, ma copine ?
— Fiona ? Elle est sympa.
— C'est tout ? Ben dis-donc, je ne sais pas ce qu'il te faut ! Elle est canon !
— Oui oui, je dis pas le contraire.
— Ben alors ? Pourquoi tu lui dis pas ?
— Lui dire ? Non, je trouve ça un peu gênant.
— Je te comprends pas. Tu es gay ou quoi ?
— … Peut-être. … Ça te dérangerait ?
— Pas du tout. J'ai déjà un copain gay, dans le groupe. Léo, tu sais ?
— Oui ?

— Il est gay, Léo … Ah mais d'accord ! J'ai compris, maintenant, pourquoi vous vous entendez si bien ! Et aussi pourquoi tu t'intéresses pas aux filles. Je me disais aussi !

— Tu dis rien à personne, hein ?

— T'inquiète, on s'en fout, nous. Mais ton père, il le sait ?

— Non, c'est pour ça, justement.

— Ah ok. Bon, alors je vais juste le dire à Fiona, si ça te dérange, pas. Parce qu'elle a craqué sur toi, elle.

— Ah bon ?

Alizée et moi portâmes toutes les boissons à notre table, où Fiona semblait attendre la réponse qu'elle avait chargé son amie de rapporter. Elles s'éclipsèrent toutes les deux, prétextant un besoin pressant. Pendant ce temps, Papa répondait aux questions des journalistes locaux, qui prenaient des notes et des photos de lui avec sa guitare, tout en le félicitant pour son succès. Nous étions tous impressionnés, alors que lui semblait trouver cela tout à fait normal, et prenait la pose le plus naturellement du monde. Enfin, Jonas se posta à côté de lui pour une dernière photo, puis il vint nous retrouver, le sourire jusqu'aux oreilles.

— Alors ? C'était comment ?
— Fabuleux, Papa !

Le père d'Alizée n'en finissait plus de saluer la performance : les mélodies, la musique, les paroles, il disait qu'il avait été ébloui. C'était le moment de se quitter, nous accusions la fatigue des dernières heures, due à un surplus d'excitation, de sollicitations et de stress. J'embrassai Alizée et Fiona, qui me regarda avec l'air de celle qui sait et qui comprend, puis nous quittâmes la brasserie en récoltant encore quelques félicitations au passage.

— Tu pouvais poursuivre la soirée avec les filles, elles ne sortent pas en boîte ?
— Non, Papa, ça ne se fait plus trop, tu sais.
— Ah bon ?
— Je les verrai sûrement demain, avec le groupe.
— Délia m'a appelé, elle vient aux Sables demain, on pourrait aller à la plage ensemble ?
— Allez-y tous les deux, moi, je serai avec les copains.

Allongé sur mon lit, une heure plus tard, je pensais à Léo. Il ne cachait donc pas son homosexualité, je m'en serais douté, il avait l'air plutôt à l'aise avec ça.

Mais comment en parler à Papa ? C'était impossible, je ne pouvais pas.

# CHAPITRE XVI

Ce jeudi, il n'y avait pas de concert de prévu. Nous pouvions souffler un peu et profiter de notre journée, qui devait se dérouler chacun de notre côté, Papa avec Délia, et moi avec Léo. Le petit déjeuner traînait en longueur, sur un fond musical un peu jazzy. Il reprit une tartine, il avait très faim, disait-il.

— Je ne sais pas si c'est le fait de chanter souvent, j'ai l'impression d'avoir tout le temps faim !

« *Comme Maman* », pensai-je, sans vraiment y réfléchir. Maman, qui devait avoir un ventre bien arrondi, à l'heure qu'il était, et qui avait dû rentrer de vacances. Elle reprendrait le travail lundi, pour s'arrêter seulement deux semaines avant la date de l'accouchement. Je me rendais compte que j'allais peut-être pouvoir y assister, et que cela allait être un moment incroyable. Elle m'avait aussi envoyé une jolie carte pour mon anniversaire, que Yanis avait signé également. La nouvelle famille se construisait, pendant que Papa était à fond dans son rêve.

— Ce matin, j'appelle le Zoo pour leur soirée anniversaire. Et je pense passer aussi au Café des Lagunes, pour chanter la semaine prochaine, si c'est possible.
— Ils ne t'ont pas rappelé, les organisateurs du Festival ?
— Pas encore, mais j'espère bien qu'ils vont le faire. Délia arrive pour midi, tu seras là ?
— Non, je sors bientôt, on mangera dehors, avec les autres.

Léo m'avait donné rendez-vous à la piscine des Sables, là où mon père retrouvait ses potes et ses petites amies lorsqu'il avait mon âge. J'avais souri intérieurement lorsque j'avais reçu son message, imaginant que ça l'aurait sans doute touché de le savoir, mais les circonstances étaient un peu différentes.

Je pris donc mon temps pour me préparer, enfilai un jean et une veste, car le temps s'était rafraîchi ce jour-là, et sortis pour me rendre à la pointe du centre-ville, dans le quartier du Remblai, en longeant la mer. Je marchais sans me presser, je n'avais pas envie d'arriver tendu et maladroit, je respirais longuement, en regardant les vagues et les mouettes. Il y avait peu de monde sur la plage, le soleil n'étant pas de la partie. Je pris la Promenade de l'Amiral Lafargue, et arrivai au niveau de la piscine, où un car finissait de déverser un flot de jeunes venus des environs pour la journée. Je passai derrière le bâtiment, marchai entre les allées et recoins selon les indications, et tombai soudain sur Léo, assis sur un muret, les mains dans les poches.

— Salut, Nathan !
— Salut Léo ! Tu m'attendais ?

La question était stupide, mais voilà, je n'avais rien trouvé de mieux à dire malgré ma volonté de paraître sûr de moi. En guise de réponse, il s'approcha de moi et, jetant un rapide coup d'œil autour de nous, déposa un rapide baiser sur ma bouche. Je m'étais toujours demandé pourquoi il fallait se cacher. Après tout, si cela avait été une fille avec un garçon, rien n'aurait paru plus naturel. Pourtant, Léo semblait assumer ses penchants.

— C'est pour toi que je reste discret, Nathan. Je ne sais pas où tu en es, avec ça.
— Tu as raison. Je ne sais pas trop moi-même.
— Mais tu as déjà eu des petits copains ?
— Un seulement, comme ça. On n'a rien fait de spécial. Des baisers.
— Il ne va pas être jaloux ?
— On n'est plus ensemble, on ne l'a pas vraiment été.
— Tu le sais depuis quand ?
— Que j'aime les garçons ? Depuis toujours, je crois.
— Ok. On va se balader ? Et puis après, on ira manger un truc ?

Nous marchions le long de la berge, très près l'un de l'autre, et je pouvais presque ressentir sa respiration, sur laquelle je tentai d'accorder la mienne. Je n'essayai pas de lui prendre la main, il ne le fit pas non plus. Nous croisions beaucoup de gens venus se promener comme nous, et qui devaient nous prendre pour des frères ou de simples amis. Je pensais à Sandro, l'autre garçon, celui de mon lycée, avec lequel j'avais flirté une fois ou deux, à l'occasion d'un voyage organisé et d'une séance cinéma, l'année précédente. C'était venu comme ça, il s'était assis à côté de moi dans le bus parce qu'on s'entendait bien et que les autres places étaient déjà prises, et ensuite, on s'était retrouvés dans la même famille pour le voyage, alors on s'était rapprochés. Mais je n'avais jamais été plus loin que le baiser, et quelques caresses sur le visage. D'ailleurs, je me souvenais bien que le contact de ses lèvres humides m'avait beaucoup perturbé, parce que c'était la première fois que j'embrassais. Les lèvres de Léo, elles, étaient un peu desséchées par le vent et légèrement salées par l'air marin. Avec Sandro, nous n'avions pas poursuivi, et tout était tombé dans les oubliettes, on n'en parlait plus et personne ne l'avait su. Léo était plus vieux, il avait peut-être beaucoup plus d'expérience que moi. Je le suivis dans un petit jardin public …

A mon retour, mon père n'était pas encore rentré. Je m'allongeai sur le canapé et fixai le ciel par la fenêtre ouverte ; quelques jolis nuages, un peu de bleu, et les yeux de Léo qui se dessinaient partout où je regardais. Je m'endormis sans m'en rendre compte.

La porte claqua, et je sursautai. C'était Papa.

— Excuse-moi, fiston ! Je ne pensais pas rentrer si tard, on n'a pas vu le temps passer, je viens de raccompagner Délia à la gare, elle chante demain, il faut qu'elle se couche tôt. Et toi ? Ça s'est bien passé ? Tu t'es endormi, là ?
— Oui, je crois. J'ai faim.
— Viens ! On va se faire une salade au thon ! Moi aussi, j'ai faim.

Apparemment, Papa avait passé une bonne journée. Il était calme, un peu dans les nuages, un léger sourire posé comme un papillon sur son visage. Cela me faisait plaisir de le voir comme ça, débarrassé de ses pensées moroses.

— Je peux inviter Léo chez Jonas, demain soir, pour le concert ?
— Bien sûr ! Invite qui tu veux ! Tous tes copains, si tu veux !
— Non, seulement Léo.
— Délia va essayer de se libérer pour venir. On pourrait même chanter ensemble une prochaine fois ! On y pense.

Tomber amoureux d'une choriste, pour un chanteur, ça faisait un peu cliché. Mais là, pour Papa, c'était plutôt le début d'une nouvelle vie qui s'annonçait.

Le lendemain soir, Léo arriva un peu après Délia au Soleil Rouge. Je fis les présentations, pendant que Papa finissait d'installer la scène, avec un assistant que Jonas avait embauché spécialement pour l'aider, et aussi un peu pour faire la promotion de sa soirée. Le jeune homme avait passé la journée à ratisser les rues alentours pour annoncer le concert, faire venir de nouvelles personnes pour écouter Papa et mettre en avant la brasserie. Il s'y connaissait en musique, et conseillait mon père pour les réglages et le son. Nous trois, nous étions installés à notre table, devenue habituelle, et pour cette fois, je me sentais totalement détendu. Papa n'avait plus rien à prouver, il n'avait qu'à donner le meilleur de lui-même, et apprécier le plaisir d'être écouté.

Trois quart d'heure plus tard, alors que la dernière chanson était terminée depuis dix minutes, les applaudissements juste éteints, Léo me fit discrètement signe pour que je le suive dehors. Délia était justement en train de féliciter chaudement Papa, je me levai donc et sortis avec lui, devant la brasserie. Il m'entraîna dans un recoin, et me poussa contre le mur pour m'embrasser.

— Je ne sais pas si on pourra, après, alors …

C'était très romantique, cette relation secrète, et Léo me plaisait de plus en plus. Il m'attira à lui et me serra en caressant mes cheveux, il sentait bon.

— Il faut qu'on y aille, Léo, mon père va nous chercher.

Nous rentrâmes dans le café et, contre toute attente, Jonas nous informa que Délia et Papa venaient juste de partir, tous les deux, en vitesse, et qu'ils demandaient de ne pas les attendre. J'étais un peu surpris mais j'avais ma clé, et je pensai immédiatement qu'ils n'avaient pas pu résister à l'envie de se retrouver seuls tous les deux.

— Qu'est-ce qu'on fait ?
— On va se balader ?

Je tentai d'appeler mon père pour lui dire que je rentrerais un peu tard, mais il était sur messagerie, il devait être bien occupé. Léo me laissa devant l'appartement vers les deux heures du matin, et continua son chemin de son côté. Je montai sans faire de bruit et une fois chez nous, constatai que Papa était déjà couché, car ses chaussures de concert étaient devant la porte de sa chambre. Etait-il avec Délia ? Rien ne le laissait penser, mais rien ne l'excluait non plus. Je me couchai à mon tour, épuisé mais heureux de cette nouvelle soirée.

Ce que mon père avait fait ce soir-là, c'est ma mère qui me le raconta, quelques jours plus tard.

Elle reçut un appel, vers les minuit, environ trois heures après la fin du concert. Elle était déjà couchée, avec Yanis, et s'était affolée quand le téléphone avait sonné. Elle était plus sensible, depuis qu'elle était enceinte, et un appel à cette heure-là, c'était toujours quelque chose de grave.

— C'est moi, Fabien.
— Qu'est-ce qui se passe ? Il est arrivé quelque chose à Nathan ?
— Je viens de le surprendre, en train d'embrasser un garçon !
— Ah ! C'est ça !
— Ils étaient tous les deux dans les bras l'un de l'autre ! Un garçon plus vieux, qu'il a rencontré ici ! Putain, j'aurais jamais dû venir là avec lui !

— Calme-toi ! Tu es allé lui parler ?
— Non ! C'est ta faute, ça ! Tu l'as trop couvé, tu l'as élevé comme une fille ! Et voilà le résultat ! C'est à toi de lui parler ! Bordel, mais quelle merde !
— Tu dis n'importe quoi ! Tu m'as assez reproché de ne pas être suffisamment à la maison pourtant, et maintenant, tu dis que je l'ai couvé ! Nathan, il est comme ça, il est attiré par les garçons depuis qu'il a une sexualité !
— Quoi ? Tu veux dire que tu le savais ?
— Oui, il m'en a déjà parlé, il se demandait si c'était un problème, je lui ai dit que non, bien sûr. Il a déjà eu un copain, l'année dernière je crois.
— Tu plaisantes ? Et pourquoi moi, tu ne m'as rien dit ? Et tes parents ?
— Mes parents sont au courant aussi. Mais Nathan n'osait pas t'en parler, tu es tellement …
— Tellement quoi ? Alors je suis le seul à ne pas savoir que mon fils fricote avec des garçons ? Je savais bien que tes parents avaient une mauvaise influence sur lui, je ne veux plus qu'ils le voient. Avec tout ce que j'ai fait pour vous !
— Reconnais que tu n'es pas très ouvert, sur certains sujets. Tu as fait de ton mieux, comme moi. Et laisse mes parents tranquilles, ils se sont beaucoup occupés de Nathan, et je ne sais

pas comment on aurait fait sans eux. Eux, comme moi, sommes aussi irréprochables que toi.

— Dis-donc, c'est pas moi qui suis parti de la maison, et qui fais un bébé aussi sec avec n'importe qui ! Alors que j'en voulais un, moi, de bébé !

— Tu mélanges tout ! Ça n'a rien à voir, arrête ! C'est de toi dont tu parles, là, pas de notre fils ! N'essaie pas de te servir de ce prétexte pour me balancer tes reproches. Nathan est homosexuel, c'est comme ça, tu n'y peux rien ! Tu ferais mieux de l'accepter, et d'aller lui parler. Où est-il ?

— Il est avec l'autre ! Je ne sais pas où, et je n'ai pas envie de le savoir ! J'ai honte d'avoir un fils comme ça !

Et il avait raccroché, de rage. Délia n'était certainement déjà plus avec lui, il avait dû s'enfuir de la brasserie quand il nous avait surpris dehors, Léo et moi, pour aller passer sa colère et sa surprise ailleurs, sur la plage ou on ne sait où, et ruminer tout ce qu'il pouvait. Puis il avait appelé Maman, et il avait fini par rentrer, sans doute épuisé, juste avant moi.

Lorsque je m'étais réveillé, le matin, assez tard, il n'était plus dans l'appartement, et il n'y avait plus ses affaires, non plus. Affolé, j'allumai mon portable. J'avais un message de Maman, qui voulait savoir si tout allait bien. Je la rappelai aussitôt.

— Je ne comprends pas, Papa n'est plus là, ni ses affaires !
— Ne t'inquiète pas, Nathan, on arrive, on vient tout de suite. Yanis va conduire, on sera là dans trois ou quatre heures au maximum, attends-nous !
— Mais qu'est-ce qui se passe ?
— Je t'expliquerai, ne t'inquiète pas, Nathan, ce n'est rien de grave.

# CHAPITRE XVII

Incapable d'avaler quoi que ce soit, je me morfondais devant la fenêtre de la cuisine, en me demandant comment Papa avait pu une fois de plus disparaître comme ça, sans me prévenir. Il n'avait même pas laissé un mot, quelque chose qui me rassure ou qui m'explique pourquoi il avait dû quitter l'appartement avec ses affaires. Il n'était tout de même pas allé rejoindre Délia, dans un élan d'amour irrésistible !? J'appelai Léo pour lui expliquer ce qui arrivait, il n'en croyait pas ses oreilles, et me demanda de le tenir au courant.

Vers les treize heures, alors que Maman devait arriver d'ici environ une heure, mon téléphone sonna enfin, c'était lui.

— Papa ! C'est toi ? Mais qu'est-ce qu'il y a, pourquoi t'es parti ?
— J'ai eu ta mère, elle arrive, j'ai dû partir… je … t'ai vu, hier soir, avec Léo.
— Ah ?
— Oui. Je ne peux pas, Nathan. C'est plus fort que moi.
— Tu ne peux pas quoi ?
— Avec un garçon… c'est pas possible. Pourquoi ? Mais enfin, pourquoi ?
— C'est comme ça, Papa, personne n'y peut rien.
— Mais ça me dérange, moi ! Qu'est-ce que tu crois ? Les gens vont penser quoi ?
— Mais les gens, on s'en fiche, Papa !
— Non, on s'en fiche pas ! Tu veux faire quoi ? Coiffeur ? Fleuriste ? Parce que l'informatique, tu peux oublier, c'est un milieu d'hommes.
— N'importe quoi.
— Désolé, je ne peux pas. Je te rappellerai plus tard, vois avec ta mère.

Il raccrocha. C'était la première fois que Papa avait des mots si durs envers moi. J'étais meurtri, blessé, profondément blessé. Je croyais qu'il m'aimerait quoi qu'il arrive, je m'étais trompé. On dit que les artistes sont des gens ouverts, il n'était pas de ceux-là. Je n'étais pas tel qu'il l'avait souhaité, alors il ne voulait plus me voir. Je me mis à pleurer.

Lorsque Maman arriva avec Yanis, mes larmes n'étaient pas encore séchées. Cela faisait longtemps que je n'avais pas pleuré, je ne me souvenais même plus pourquoi la dernière fois, mais là, je n'arrivais plus à m'arrêter. Je remarquai son ventre, arrondi, sous une large ceinture bleue.

— Allons, mon grand, ne sois pas si triste. Ton père est maladroit, tu n'y es pour rien. C'est aussi son éducation, ses parents étaient stricts et fermés sur certaines choses.
— Je ne pensais pas qu'il me rejetterait pour ça, Maman. Il m'a appelé, il a été très dur.
— Viens dans mes bras.

Tous deux me réconfortèrent comme ils pouvaient. Papa avait appelé Maman lorsqu'il avait quitté l'appartement le matin, pour l'avertir et lui demander de venir me chercher. Il avait dit qu'il avait besoin de prendre un peu de recul, de réfléchir, et que pour l'instant, il ne pouvait pas rester seul avec moi.

— C'est la surprise, tu comprends ? Il ne se doutait pas du tout, et tu comptes beaucoup pour lui, il est proche de toi depuis ta naissance, alors ça lui a fait un choc, il a dû avoir l'impression de te perdre, ou quelque chose comme ça. Ça va lui passer. Il va peut-être même revenir avant la fin du week-end. On va rester avec toi ici, et s'il revient, vous reprendrez vos vacances.
— Je ne sais pas, il avait l'air tellement déçu. Et puis où est-il allé ? Il est rentré à Angoulême ?
— Je ne sais pas, mais ça va s'arranger, j'en suis sûre.

Je n'y croyais pas, j'étais persuadé que mon père m'en voulait énormément, et qu'il n'était pas prêt de me pardonner. Mais qu'est-ce que j'avais fait de si grave ? Je ne comprenais pas sa réaction, et surtout, j'avais mal. Maman se montra plus attentionnée que jamais, et Yanis, qui n'osait pas trop s'exprimer, s'occupa de nous faire à manger en faisant preuve de gaieté, autant que possible.

Après le repas, j'avais envie de retourner me coucher en attendant le retour de Papa.

— Mais non, enfin, Nathan. Je t’ai dit qu’il allait peut-être revenir, mais en attendant, il faut continuer à passer du bon temps. Tu n’as pas à te punir, voyons ! Et si tu nous le présentais, ton copain ?
— Tu crois ?
— Mais bien sûr, Yanis et moi, on serait très contents de le connaître ! Et puis on peut sortir, aller boire quelque chose, à la plage, au restaurant ! Tu vas voir, on va passer un excellent week-end, tous ensemble.

Je me forçai donc à m’habiller correctement pour aller faire une promenade avec eux en bord de mer. Je pense que je devais faire une tête de déterré parce que j’avais l’impression que tout le monde me regardait. Comme si les gens savaient ce qui se passait chez nous, que j’étais homosexuel, que mon père était parti à cause de ça, que ma mère avait été obligée de faire plus de trois cent kilomètres pour venir me chercher en urgence alors qu’elle était enceinte de près de six mois d’un autre homme. J’avais honte de ne pas être normal, de ne pas avoir une famille normale.

Nous nous arrêtâmes près du centre-ville, dans un café en terrasse, face à la mer.

— Alors, tu l'appelles ton copain ? Comment il s'appelle ?
— Léo. Mais je ne sais pas si c'est une bonne idée. Avec tout ça.
— Tu ne vas pas laisser ton père gâcher tes vacances, je ne le permettrai pas. Tu es un garçon formidable, et nous avons envie de le connaître, c'est tout ce qui importe !

Je soupirai de lassitude, et m'éloignai donc un peu pour téléphoner à Léo, qui, évidemment, ne savait rien des détails de ce qui s'était passé. Je ne lui racontai pas, préférant remettre à plus tard le récit de cette triste matinée.

— Ma mère est arrivée, avec son ami. Ils aimeraient beaucoup te connaître.
— Ah bon ? Tu leur as parlé de moi ?

Léo ne pouvait pas se libérer immédiatement, mais il promit de venir d'ici une petite heure, si nous pouvions attendre. En entendant sa voix, je me rendis compte que j'avais très envie de le voir, il me manquait.

Entre temps, Maman avait l'air de vouloir en savoir un peu plus sur la façon dont s'étaient déroulés les derniers jours. Alors que je sirotais mon verre, un peu apaisé à l'idée de voir Léo, elle me demanda si mon père se comportait normalement, ou si j'avais remarqué quelque chose de particulier.

— Non, je ne sais pas. C'est sûr que lorsqu'il a su que tu étais enceinte, ça lui a fichu un coup. Mais sinon, tout se passait bien, très bien, même. Il avait beaucoup de succès, des concerts de plus en plus souvent.
— Des concerts ? Comment ça ?

Avec l'émotion, j'avais oublié que Maman n'était pas au courant de la raison pour laquelle nous avions décidé, Papa et moi, de venir passer toutes les vacances aux Sables. Nous ne lui avions rien dit concernant ses projets de concerts, ni le défi qu'il s'était fixé.

— Nous avons couru les cafés pour qu'il puisse chanter. Mais finalement, ça n'a pas été difficile de convaincre les gens. Il a un succès fou, tu verrais ça ! C'est incroyable, on a vécu des moments dingues. Et il a fait ça pour me prouver qu'il était bien chanteur. Pour moi !

— Mais tu m'avais dit que tu partais avec lui pour avoir le temps de lui parler. C'est pour ça que j'ai accepté de le laisser te prendre aussi longtemps. Alors, tu n'as pas pu lui dire avant ?

— Non, je n'ai pas trouvé l'occasion, on était tellement concentrés sur la chanson, et je m'en veux beaucoup, parce que ça se serait passé autrement, c'est sûr.

— Ton père rechante, donc ? Ça alors, et bien, si je m'attendais à ça !

— Oh oui. Et très bien.

Il me semblait qu'il y avait une pointe de déception dans la voix de Maman à ce moment-là. Pas sur le fait que mon père chante en public et qu'il ait du succès, mais peut-être parce qu'elle n'était plus auprès de lui pour assister à ce miracle. Car c'est comme cela qu'il l'avait séduite, avec ses chansons.

— Je vais l'appeler, il faut qu'il revienne, c'est trop bête, vraiment.

Elle se leva et s'éloigna de quelques dizaines de pas, sous le regard de Yanis, un peu surpris de constater combien elle prenait à cœur la situation de son ex-mari. Je le regardai et pris un air rassurant, comme pour dire qu'il n'y avait rien à craindre, car c'était uniquement dans mon intérêt qu'elle agissait. La conversation dura un long moment, peut-être dix ou quinze minutes. Il nous sembla que c'était une heure. Maman avait d'abord l'air calme et parlait beaucoup, mais nous ne pouvions pas entendre. Ensuite, le ton était monté et quelques bribes nous parvenaient : « responsable », « père », « c'est comme ça » … sont les mots que je crus deviner. Puis, à nouveau, elle se calma et ne parla plus, elle écoutait. Enfin, elle parut presque sourire, et échangea encore quelques phrases courtes sur un ton apparemment détendu, presque complice, puis finalement, elle raccrocha et revint s'asseoir à notre table, où nous avions renouvelé notre commande de boissons. Yanis était impatient de savoir ce qui s'était dit.

— Alors ?

— Il revient. Il est à Saint Gilles Croix de Vie, où il devait rencontrer quelqu'un pour la musique, un producteur ou quelque chose comme ça. Et il doit chanter demain après-midi ici, aux Sables, à l'occasion d'un festival. Donc il rentre demain matin, tu vois, Nathan, je te l'avais dit !

J'étais tellement soulagé que j'eus l'impression que mon thorax se libérait d'un coup, laissant enfin l'air entrer librement.

— Il t'a dit quelque chose pour moi ?
— Je te l'ai dit, Nathan, ton père a eu une éducation stricte, il faut lui laisser du temps. Il est toujours sous le choc, mais il va faire un effort.

Fallait-il vraiment faire un effort pour simplement accepter son enfant tel qu'il était ? Je n'avais tué personne, ni même volé ou trahi, mais pourtant, je me sentais coupable. Heureusement, Léo arriva à ce moment-là, et aussitôt, mes pensées tristes s'envolèrent.

— Bonjour Madame, bonjour Monsieur, je suis Léo.

Maman et Yanis se levèrent, et je fis de même pour accueillir mon ami. Tout le monde s'embrassa, mais il n'osa pas plus que moi m'embrasser sur la bouche, sur cette terrasse de café pleine de monde et devant ma mère qui pourtant, semblait ravie de cette rencontre improvisée. Comme toujours lorsque des parents rencontrent pour la première fois le ou la petite amie de leur enfant, l'ambiance était un peu tendue, mais, habituée à prendre la parole devant des inconnus, Maman savait comment s'y prendre.

— Si tu es libre, Léo, que dirais-tu de passer la journée avec nous ? On ira à la plage, au restaurant, et faire une grande balade.
— Euh… Je dois demander à mes parents, je leur ai dit que je sortais une heure seulement.
— Tu peux repasser chez toi, prendre tes affaires de plage, et revenir.
— D'accord. Et ton père, Nathan ?
— Je t'expliquerai. Il rentre demain.

Bien entouré, je réussis à passer une journée assez agréable, même si je redoutais un peu le retour de Papa, et surtout son regard. Comment allait-il me considérer à présent ? Est-ce que quelque chose allait changer ? Après le dîner, pendant que Maman et Yanis étaient occupés à discuter avec un vendeur de paréos, je racontai à Léo ce que mon père m'avait dit au téléphone, et pourquoi il avait disparu le soir du concert, lorsque nous étions sortis quelques minutes tous les deux. Je lui expliquai également qu'il était à nouveau parti sans prévenir le matin même, avec ses affaires. Il était déçu de la réaction de mon chanteur de père, et désolé pour moi.

Une fois de retour à l'appartement, après avoir déposé Léo chez lui, Maman vint m'embrasser dans mon lit, comme elle le faisait lorsque j'étais petit et qu'elle rentrait tard.

— Je le trouve charmant, ce Léo. Tu as bien choisi, et il a du goût ! Tu pourras l'inviter à la maison, chez Yanis, après les vacances, si tu veux.
— C'est gentil, Maman. Mais tu sais, on ne se connaît que depuis quelques jours, je ne sais pas du tout si ça va durer.
— Bien sûr. Tu te rappelles des mesures de protection, contre le sida ?
— Oui, Maman, ne t'inquiète pas.
— Bonne nuit, mon chéri.

# CHAPITRE XVIII

Confortable dans mon lit, pourtant bercé par les doux mots de Maman, j'avais du mal à m'endormir. La dureté soudaine de mon père, le ton avec lequel il m'avait parlé, m'avaient vraiment atteint, je me sentais mal, presque sale. Je n'avais jamais ressenti cela avant, cette sensation de mal-être profond.

Je m'éveillai vers les dix heures, et découvris un petit déjeuner digne d'un hôtel trois étoiles. Yanis me pressa un jus d'orange frais pour compléter le tout. Maman avait fait des crêpes et des beignets.

— Je vais appeler ton père, pour savoir à quelle heure il arrive. Nos bagages sont prêts, nous partirons juste avant, ce n'est pas la peine que nous l'attendions.

Maman prit son téléphone, et il décrocha presque aussitôt. La conversation fut très courte, mais je compris que Papa ne souhaitait pas qu'elle parte avant le concert prévu dans l'après-midi.

— Mais je suis avec Yanis.
— Ce n'est pas grave, je suis moi aussi avec une amie. Nathan la connaît. Elle va chanter avec moi. J'aimerais que vous veniez tous nous écouter, ça me ferait plaisir. Si ton état le permet, bien sûr.

Maman semblait perdue, elle ne savait que répondre à cette proposition complètement inattendue.

— Je demande. Un instant, Fabien.

Elle se tourna vers nous, nous interrogeant du regard, comme si elle n'avait aucune idée de ce qu'il fallait répondre.

— Ton père propose qu'on aille tous voir le concert, qu'est-ce que vous en dites ?
— Et Léo ?

Elle me fit la grimace. Je compris qu'il s'agissait d'une sortie strictement familiale. Yanis approuvait, elle reprit la conversation.

— Eh bien, écoute, d'accord ! Nous partirons juste après ta prestation, Yanis et moi. On t'attend ?
— Nous serons là dans une heure. Le concert est à quinze heures trente. On pourra déjeuner ensemble.

Maman semblait complètement abasourdie. Les dernières fois qu'elle avait parlé à Papa, il était fou de rage et l'accusait presque d'être la cause de mon homosexualité, et à présent, non seulement il revenait, mais il insistait pour passer du temps avec elle et le père de son futur bébé. Il était vraiment imprévisible.

Ils arrivèrent à midi. Maman avait envoyé Yanis acheter un plat préparé à base de poisson, chez le traiteur du coin, excellent et hors de prix. Pour compléter le déjeuner, nous avions préparé une belle mousse au chocolat. Après tout, la bonne chère adoucit les mœurs. Lorsque mon père arriva et vit Maman avec son ventre rond, il resta bloqué quelques secondes, les yeux rivés sur cette protubérance, et je crus bien que la rencontre allait tourner court. Puis, lorsqu'à son tour, elle vit Délia, je décelai un léger rictus de crispation chez ma mère. Mais chacun prit sur lui pour garder la face. Enfin, les deux hommes se serrèrent la main en gardant une certaine distance, avec un regard qui en disait long. Les présentations faites entre grandes personnes, il me restait à saluer à mon tour Délia, puis mon père.

Je m'approchai de lui pour l'embrasser, mais il avait quelque chose à me dire, et retint mon élan.

— Bonjour Nathan. Je suis parti sur un coup de tête, excuse-moi, je n'aurais pas dû.

Je l'excusai, bien sûr, mais cette déclaration sonnait de façon étrange, un peu comme une phrase apprise par cœur, et répétée plusieurs fois dans sa tête pour ne pas l'oublier. Son baiser sur ma joue ne ressemblait pas aux baisers habituels. Cette idée même me fit souffrir, et constater que nos retrouvailles n'étaient pas aussi chaleureuses que je l'aurais souhaité, était une chose difficile à supporter. Mon père m'en voulait, et je ne savais pas combien de temps ce sentiment allait durer. Maman dut ressentir ma peine elle aussi, car elle se pencha vers moi et passa sa main sur mon épaule, doucement, en signe de compassion.

Nous nous assîmes à table, nous serrant un peu pour tenir dans le coin à manger. J'étais entre ma mère et Yanis, et Papa était en face avec Délia. Je fis le service, sans dire un mot. Les adultes ne semblaient pas savoir quoi se dire, les regards fixaient les assiettes, et chacun tentait de temps en temps de meubler avec une banalité. Arrivés au dessert, mon père commença à parler du concert, et cette fois, Maman semblait beaucoup plus intéressée. Elle lui posa des tas de questions, comment il avait réussi à être sollicité pour ce festival, depuis quand il *rechantait*, s'il avait des projets précis en vue, qui était cette personne qu'il avait rencontrée à Saint Gilles … Il répondait à tout, semblait ravi qu'on lui demande, en quelque sorte, les secrets de sa réussite, et qu'on paraisse admiratif. Surtout devant Yanis et Délia, qui, eux, s'effaçaient totalement de la conversation, laissant la place à l'ancien couple, revenu sur le devant de la scène. Maman finit par calmer ses ardeurs, et, constatant que je n'avais rien dit depuis le début du repas, s'adressa à moi.

— Et toi, Nathan ! Qu'est-ce que tu penses de tout ça ? Ça te plaît, les concerts ?
— C'est la classe. Vous allez voir.
— Et tu n'as pas tout vu, Nathan, la version avec Délia, c'est encore mieux, n'est-ce pas ma chérie ?

C'était la première fois que j'entendais mon père appeler une autre femme que Maman, *ma chérie.* Tout le monde se tourna vers elle, avec un peu de gêne, finissant de la mettre mal à l'aise. Il précisa qu'il chanterait trois chansons, dont deux seraient en duo, puisqu'ils avaient eu le temps de répéter la veille et que leurs voix s'accordaient à merveille. D'autant que Délia était aussi un peu musicienne, et qu'elle s'accompagnerait d'un harmonica, ce qui ajouterait une couleur intéressante à l'un des titres.

Le dessert avalé avec force compliments pour les cuisiniers, mon père proposa que nous partions pour le lieu du concert, qui se situait en périphérie des Sables, au nord de la ville, dans un espace clos qui avait l'habitude de recevoir des spectacles musicaux. Chacun prit sa voiture, car Maman et Yanis souhaitaient repartir pour Angoulême juste après le tour de chant de Papa, afin de ne pas rentrer trop tard. Ils travaillaient tous les deux le lendemain, et Maman était déjà un peu fatiguée par le trajet et toutes les émotions du week-end. Je me disais qu'elle avait accepté de rester pour montrer sa bonne volonté vis-à-vis de mon père et de sa nouvelle amie, et aussi par curiosité pour son nouveau statut de chanteur confirmé. Je sentais qu'elle était très impressionnée, et intéressée par cette progression soudaine, et les autres devaient le sentir aussi car ils restaient en retrait. Je montai donc en voiture avec ma mère, laissant les deux artistes à leurs discussions complices.

— Tu as conduit, Nathan, depuis que tu es là ?
— Oui, Maman, un peu.
— Alors ? Ça s'est passé comment ?
— Très bien, si tu veux, je peux prendre le volant.
— Bonne idée, on va suivre la voiture de ton père, tu n'as pas à chercher le chemin.

Je passai avec succès le test de la conduite accompagnée avec ma mère. Elle était très surprise par mon assurance. Nous arrivâmes sur le lieu de la manifestation, et nous séparâmes pour laisser les chanteurs se préparer en coulisses. La répétition générale était fermée aux visiteurs, mais nous pouvions aller marcher dans un parc tout proche en attendant. Ma mère essayait de me remonter le moral.

— Ne t'inquiète pas, Nathan, si le concert se passe bien, ton père sera tellement content qu'il oubliera tout, tu vas voir. Vous pourrez reprendre vos vacances où vous les avez laissées. Je ne le reconnais pas, il a l'air tellement épanoui !
— Pourquoi il avait arrêté de chanter, Papa ?
— Il n'a jamais vraiment arrêté, il a toujours chanté et continué d'écrire des chansons, à la maison. Maintenant, il a l'air de vouloir aller plus loin, c'est bien.

A quinze heures, nous nous dirigeâmes vers le lieu du concert, qui devait accueillir environ cinq cents spectateurs, et réussîmes à nous frayer un chemin jusqu'au devant de la scène, à seulement quelques mètres, assez à l'écart cependant pour préserver Maman des bousculades. Au passage, nous eûmes la surprise de voir plusieurs affiches qui reprenaient le nom de Papa parmi les autres chanteurs et groupes invités, et même une photo de lui sur l'une d'entre elles. Cette photo avait été prise lors d'une précédente prestation à Saint Jean de Monts et le montrait micro à la main, en pleine performance. Maman ne put retenir un « whouaaah » d'admiration.

Quelques dizaines de minutes après, premières notes, premier groupe, un trio local de chanteurs à voix, qui entonna une belle mélodie au rythme enlevé, parfait pour démarrer et mettre l'ambiance. Nous étions tous les trois, Yanis, Maman et moi, très attentifs au déroulement, car mon père nous avait dit que l'ordre de passage le plaçait dans les dix premiers artistes de la soirée. Chacun chantait entre une et trois chansons, et effectivement, après la quatrième chanteuse, il arriva sur scène, accompagné de Délia, tous deux en tenue de scène, souriants, épanouis. La musique démarra, c'était ma chanson préférée. Je jetai un œil à Maman, elle semblait captivée par ce qu'elle voyait ; mon père, transformé, heureux, dans son élément, au meilleur de lui-même, avec un public qui se balançait au son de sa voix, transporté lui aussi. Elle ouvrait des yeux ronds, un léger sourire sur les lèvres, et je décelai même un peu de fierté dans sa façon d'acquiescer en quelque sorte, de valider les choix musicaux, la tenue, le ton, et même l'accompagnement par la jeune femme à l'harmonica. La chanson suivante était l'hommage à Gainsbourg, chantée à double voix, qu'elle n'avait jamais entendue et qui lui fit le même effet que la première. Puis Délia s'effaça et j'entendis l'introduction de ma chanson, celle que Papa avait écrite et chantée pour moi à l'occasion de mon anniversaire, et je criai aussitôt à ma mère : « *C'est ma chanson ! Elle est pour moi* ! ». J'étais heureux, il me disait qu'il m'aimait, au travers de ce titre. Quelques personnes se retournèrent, et Maman eut l'air de comprendre quel magnifique cadeau il m'avait fait, avec ses moyens et son talent. Les applaudissements éclatèrent, les deux artistes saluèrent et disparurent dans les coulisses. A peine la scène était-elle vide, Maman sembla revenir dans la réalité.

— Il faut que j'aille féliciter ton père.

Et elle partit en direction des coulisses sans attendre de réponse, tout en protégeant son ventre avec ses mains. Yanis et moi restâmes une minute à écouter le chanteur suivant, puis je décidai de rejoindre moi aussi mon père, laissant l'avocat seul, pour le cas où Maman reviendrait bredouille. Je me faufilai à l'arrière de la scène, arguant auprès des vigiles que j'étais le fils du chanteur Fabien, et qu'il m'attendait. Je longeai plusieurs box semi ouverts, où des personnes étaient en train de se préparer, ou de ranger leurs matériels, et arrivai assez rapidement au numéro six, que l'on m'avait indiqué. Là, j'entendis la voix de Maman, et m'arrêtai juste avant que l'on me voie, pour écouter sans les interrompre. Elle semblait très émue, je n'entendais pas Délia, elle ne devait pas être avec eux.

— Félicitations, Fabien ! C'était formidable, incroyable ! Je ne m'attendais pas … et cette superbe chanson pour Nathan ! Tu as bien fait de la choisir aujourd'hui. Pourquoi ne m'as-tu pas dit que tu reprenais les concerts ?
— Pourquoi ? Ça aurait changé quelque chose ? Tu ne m'aurais pas quitté ?
— Ne dis pas n'importe quoi, tu sais très bien ce que je veux dire.
— Non, je ne sais pas. Je ne sais pas.
— Arrête, pourquoi as-tu insisté pour que l'on vienne t'écouter ?
— C'est Délia, qui me l'a demandé. Elle m'a dit que ce serait bien que je fasse connaissance avec celui qui va vivre avec mon fils à présent, et que c'était l'occasion.
— Elle a eu raison, et elle chante très bien. Voyons, Fabien, tu n'as pas besoin de faire ton cinéma, là, nous ne sommes que tous les deux ! Je veux vraiment te féliciter et t'encourager, c'est tout ! Et puis te demander moi aussi d'être tolérant avec Nathan, il est toujours le même, il

est celui que tu as toujours connu. Tu lui as fait de la peine, essaie de comprendre.

— J'essaie. … Elise, pourquoi tu es partie ? Et qu'est-ce qui t'a pris de faire un enfant, comme ça, aussi vite, avec ce type ? J'en voulais un, enfant, moi, avec toi. Je te l'ai demandé des dizaines de fois, tu n'as jamais voulu, alors pourquoi avec lui ?

— Je n'ai pas voulu cet enfant, ça s'est fait comme ça, et quand je l'ai su, eh bien, je me suis dit que c'était peut-être ma dernière chance d'en avoir un deuxième. Souviens-toi, ça s'est passé de la même façon, nous deux, avec Nathan, ce n'était pas programmé, ça s'est passé comme ça. On était ensemble depuis quelques mois seulement. Et toi, avec Délia, c'est sérieux ?

— On vient de se rencontrer, on s'entend bien, on est du même univers.

— Voilà, le même univers … Ecoute, Fabien, je te dois des excuses.

— Des excuses ?

— Oui, je me rends compte aujourd'hui à quel point je t'ai empêché de vivre ta vie. Si, si, je pèse mes mots. Lorsque je te vois, là, sur scène, avec ton amie, en train de chanter tes chansons, je te retrouve comme à vingt ans, et je comprends combien tout ça a dû te manquer. Tu as failli passer à côté de ta vie.

— Mais c'est un choix que j'ai fait, pour avoir une famille…

— Que je ne t'ai pas donnée, ou que je t'ai reprise. Je m'en veux, je suis désolée, j'espère que tu seras heureux maintenant.

Alors que je retenais ma respiration, dans le recoin où j'étais caché, je vis arriver Yanis, qui s'inquiétait de ne pas nous voir revenir, puis Délia, qui était allée chercher de l'eau. Je fis comme si j'arrivais en même temps qu'eux. La conversation entre mes parents prenait fin.

# CHAPITRE XIX

Après le départ de Maman et Yanis, lui aussi fendu d'admiration pour la prestation de mon père et de Délia, nous nous retrouvions tous les trois seuls ensemble, dans les coulisses animées du festival. La jeune femme devait rejoindre son groupe de musique dans la soirée, nous avions donc encore quelques heures devant nous pour apprécier les performances des autres artistes, et dîner quelque part. J'avais très envie de revoir Léo, il me manquait et j'avais beaucoup de choses à lui raconter, mais je n'osais pas en parler à mon père, qui était encore sur son nuage avec son amie. Je me contentai donc de quelques échanges par message, et répondis également à Alizée, qui me proposait de retrouver le groupe le lendemain pour une sortie vélo. Léo avait déjà répondu présent à l'invitation, je fis donc de même.

Mentalement, je déroulais le bilan de ces derniers jours, tout en parcourant la carte du restaurant que mon père nous offrait pour fêter cette journée. Nous étions à présent au tout début du mois d'août et en l'espace d'un mois, Papa était lancé, il avait réussi son pari et rencontré une femme qui lui faisait un peu oublier sa solitude et l'échec de son couple. De son côté, Maman allait bientôt nous offrir une nouvelle venue pour notre famille définitivement recomposée, et moi aussi, j'avais quelqu'un. Et à présent, tout le monde savait. Logiquement, je n'avais plus besoin de me cacher, mais en mon for intérieur, je sentais bien qu'avec mon père, malgré tout ce que nous avions partagé ces dernières semaines, ce n'était pas encore digéré.

Délia partie, il était déjà tard, la journée avait été riche en émotions, et il m'indiqua qu'il allait se coucher. Je n'insistai pas pour que nous parlions de ce qui avait causé son départ précipité la veille au matin, il n'était plus temps pour ça, et après tout, qu'est-ce que cela aurait pu changer ?

Dans mon lit, après avoir passé un peu de temps sur mon ordinateur, je n'arrivais pourtant pas à dormir. Qu'est-ce que je pouvais faire pour que nous retrouvions notre complicité d'avant ? J'aurais voulu effacer les derniers jours, et qu'il ne sache jamais. Léo m'envoya un message.

« *Je pense à toi, à demain.* »

Je lui répondis.

« *Moi aussi, tu me manques. Vivement demain.* »

Une lueur soudaine de lucidité me fit prendre conscience que mon ami devait partir en vacances avec ses parents dans deux semaines environ. Nous serions alors au milieu du mois d'août, et lorsqu'il reviendrait, ce serait le moment du départ pour moi. Cela signifiait qu'il nous restait très peu de temps à passer ensemble, car il serait évidemment difficile de se revoir une fois rentrés au lycée.

Le lendemain matin, j'essayai de convaincre mon père d'aller faire une promenade en bord de mer, avant le déjeuner.

— Merci, Nathan, je vais plutôt répéter un peu, pour la soirée du Zoo, et pour jeudi soir, puisque je chante au café des Lagunes. Je veux revoir un ou deux trucs, vas-y sans moi, si tu veux.

Etait-ce une impression ? Il me semblait qu'il me fuyait un peu. Une façon inhabituelle de ne pas lâcher totalement prise pour les gestes du quotidien ; la toilette, le ménage, la cuisine, que nous faisions habituellement ensemble, et pour lesquels il évitait à présent de se retrouver près de moi. Maman n'avait pas eu raison, le succès n'avait pas permis à mon père de prendre du recul et de me pardonner. Nous avions laissé passer le moment de l'échange, du rapprochement après l'orage, cette fois-ci. Nous étions dans le non-dit, sans parvenir à le dépasser. C'était trop tard pour revenir en arrière sans créer une tension qui n'aurait pas arrangé les choses. Je passai donc la matinée sur mon ordinateur pendant qu'il travaillait à ses chansons, puis je préparai le repas ; un reste de gratin à réchauffer et une salade à assaisonner.

— Tu viens manger, Papa ? C'est prêt.
— J'arrive.

Le silence était un peu étouffant, malgré la brise qui pénétrait par la fenêtre.

— Tu sors cet après-midi, Nathan ?
— Oui.
— Je crois que je vais aller acheter une nouvelle tenue, en ville. Et quelques bricoles. Prends bien ta clé.
— D'accord, Papa.

Cet échange laconique reflétait assez bien le ton de la relation qui s'installa entre lui et moi les jours qui suivirent. Nous avions la plupart du temps des activités séparées, sortions chacun de notre côté, lui, retrouvant Délia dès que possible entre deux performances de son groupe, et moi passant le plus de temps possible avec Léo et les autres. De temps en temps, mon ami m'invitait chez lui.

— Tu viens chez moi, demain, Nathan ? On pourra passer la journée ensemble, il n'y a que moi.
— Ok, j'amène mon ordi ?
— Pas la peine, on jouera sur les miens.

J'avais eu l'occasion de discuter avec ses parents une fois. Ils étaient au courant des préférences de leur fils et semblaient avoir accepté la situation. Ils se montraient charmants avec moi, même si Léo était plus nuancé.

— Mon père aussi, a eu du mal, au début. Ça fait à peu près trois ans que je leur ai dit, je crois qu'il leur a fallu deux bonnes années pour se faire à l'idée que je n'allais pas changer d'avis, que je n'allais pas devenir hétérosexuel. Ma sœur m'a aidé, elle leur a expliqué que ça n'avait rien d'une tare, et que je saurais mener ma vie comme n'importe quel autre jeune. C'est ce qu'il fallait leur dire, ils étaient inquiets, ça les a rassurés. Ton père en tout cas, tu peux être sûr qu'il t'aime, sinon, il ne t'aurait pas écrit une chanson pareille, mais c'est dur pour lui d'accepter. Ils ne comprennent pas ce qui a cloché pour qu'on en arrive là, ils culpabilisent aussi, ils croient qu'ils nous ont mal élevés.

Que tout irait bien, c'était peut-être aussi ce que mon père avait besoin d'entendre, mais je doutais que cela suffise, comme s'il attendait de moi autre chose.

Du côté du groupe de copains d'Alizée, heureusement, tout se passait très bien. Certains avaient été surpris de constater que Léo et moi étions ensemble, mais sans plus. Nous pouvions nous tenir par la main, nous embrasser même, personne ne semblait gêné ni ne faisait de blague déplacée. Alizée était ravie pour nous, et même fière que nous nous soyons rencontrés un peu grâce à elle.

Pour ne pas le provoquer, j'accompagnais mon père seul pour ses concerts, parfois avec Délia, parfois sans, toujours avec le même plaisir. Leur relation semblait solide et la jeune femme resta dormir à l'appartement une fois ou deux. Moi aussi, j'aurais bien voulu inviter Léo à dormir, mais je n'osais pas et nous nous contentions de nous retrouver le soir dans des jardins publics ou des coins tranquilles de la ville, puisque Papa me donnait la permission de minuit. Ce qui me manquait le plus, c'était nos moments de proximité presque enfantins, lorsqu'il me prenait dans ses bras, qu'il m'embrassait sur la tête, ou qu'il me caressait les joues. Tout cela, il ne le faisait plus, comme si ce n'était plus possible à présent. Je tentai bien quelques rapprochements, m'asseyant tout près de lui sur le canapé, ou lui passant les assiettes après le dîner, mais il ne saisit pas l'occasion et fit en sorte de s'éloigner. A chaque fois, c'était une véritable déchirure, ma gorge se serrait, je sentais mes mâchoires se crisper, comme pour retenir un cri que je ne pouvais pas lui donner l'occasion d'entendre. « *C'est comme ça, Papa, je suis comme ça !* » Je crois que j'étais triste d'avoir perdu sa tendresse démonstrative pour moi, mais en même temps, c'était comme si j'avais grandi d'un coup en prenant mon autonomie au travers d'une affirmation de ma personnalité. J'étais moi, je n'étais plus le fils de mon père seulement, et malgré la souffrance, cela me donnait confiance. Je n'avais pas envie de changer pour plaire, et c'était impossible de toute façon. Malgré tout, j'aurais donné cher pour qu'il me dise ; « *Tu es toujours mon petit garçon, le même pour le reste de notre vie. Peu importe tes goûts sexuels.* »

Quinze jours passèrent ainsi, et le jour du départ de Léo arriva. Sa famille et lui partaient à la montagne, puisque la mer était leur quotidien. La veille du grand jour, nous avions décidé de rester ensemble le plus longtemps possible dans la soirée, tous les deux seulement. Nous savions que c'était peut-être la fin de notre histoire, et c'était un moment aussi intense que difficile. Pour impressionner mon compagnon, j'avais prévu de prendre la voiture de mon père en cachette, et de le conduire au sud de la ville, où je connaissais un petit coin superbe pour admirer les étoiles. Léo ne conduisait pas encore, alors je trouvais cela assez fou pour marquer notre dernier rendez-vous, et aussi assez romantique. Malheureusement, au dernier moment, je me rendis compte que la clé de la voiture n'était pas à sa place habituelle, et que Papa l'avait sur lui, attachée à sa ceinture, chose qu'il ne faisait jamais car Maman lui avait répété des tas de fois que c'était ringard. J'attendis jusqu'au dernier moment avant de sortir, espérant qu'il se décide à la poser sur la tablette de l'entrée, mais en vain. Je dus donc renoncer à mon projet, déçu et vexé de m'être laissé priver de ce plaisir.

Dans les bras de Léo, tard dans la soirée, je tentai de garder le moral.

— Tu m'enverras des messages ?
— Bien sûr, Nathan, je te raconterai ce que je fais, là-bas, dans les Pyrénées.
— On se voit dès que tu reviens ? Je partirai deux jours après.
— Tu crois que c'est une bonne idée ? C'est peut-être mieux si on ne se revoit pas, non ?
— Tu as raison.

Sur le chemin du retour, après l'avoir raccompagné chez lui tôt le matin, je ne pus retenir quelques larmes. C'était ma première vraie histoire, et elle se terminait pour des raisons géographiques, c'était très bête. Lorsque j'entrai dans l'appartement, Papa était en train de m'attendre, assis sur le canapé, son téléphone à la main.

— Je t’avais demandé de rentrer avant minuit et demi, il est plus de trois heures, Nathan !
— Désolé, Papa, je n’ai pas vu le temps passer. Léo part demain en vacances.
— Tu aurais dû me prévenir, je me suis inquiété, et je t’ai envoyé plusieurs messages !
— Excuse-moi, je ne sais pas, je n’ai pas fait attention.
— Allez, on va se coucher, maintenant, je suis fatigué.

Il se leva, et je crus qu’il allait disparaître dans sa chambre sans un mot de plus, mais il s’efforça de me sourire, et me souhaita bonne nuit, en me donnant une petite tape sur l’épaule. Ce n’était pas l’étreinte que j’espérais, mais c’était tout de même mieux que rien.

Je m’endormis comme une masse, en rêvant de Léo.

Le lendemain, nous n’avions rien de prévu, ni Papa, ni moi. La journée, commencée tard, se passa dans une lenteur et une torpeur lourdes, dont nous ne sortîmes que vers les dix-huit heures, pour aller nous asseoir sur un banc devant la mer. L’idée était de moi.

— Tu ne veux pas aller regarder la mer, Papa ? Il faut qu'on sorte, au moins quelques pas, non ?

— Ok, on y va, mais je reste habillé comme je suis.

Sur le banc, je m'assis en premier, et il s'installa à l'autre bout. Si j'avais eu des pouvoirs surnaturels, j'aurais fait en sorte de raccourcir le banc pour que les deux extrémités se rapprochent et effacent l'espace qu'il avait créé entre nous. Il avait l'air vraiment pris entre deux sentiments ; celui de vouloir aller jusqu'au bout de ces vacances avec moi, peut-être pour ne pas qu'on le lui reproche, ou ne pas s'en vouloir plus tard, et celui de ne pas parvenir à passer outre ce qu'il devait considérer comme une trahison, ou au moins une tromperie à son égard. Certes, je lui avais caché mon homosexualité, mais je ne lui avais jamais menti, même si je savais que ne rien dire, dans ce cas, revient à mentir. Je n'osais pas le regarder, nous étions là pour la mer, alors on regardait la mer. Des mouettes passaient au-dessus de nos têtes, des baigneurs, des enfants, profitaient encore de la plage, plus calme à cette heure-là, moins chaude. Il nous restait encore quinze jours de vacances, Papa devait chanter dans un nouvel endroit dans deux jours, une sorte de club de nuit, où Délia l'accompagnerait aussi.

Tout à coup, il sembla se souvenir de quelque chose d'important, et se tourna vers moi.

— J'ai oublié de te dire ! Tante Lisa va certainement passer nous voir, en fin de semaine.
— Ah bon ? Elle n'est pas en vacances avec sa famille ?
— Justement, elle doit les rejoindre du côté de Biarritz, et comme elle passe par ici, elle fera juste un petit détour. Figure-toi qu'elle m'a vu à la télévision, dans un reportage qui parlait des festivals d'été sur la côte, entre autres choses. Elle a dit que j'y apparaissais sur scène à Saint Jean de Monts, pendant quelques secondes, mais on ne disait pas mon nom. Du coup, elle m'a appelé aussitôt pour savoir ce que je faisais là-bas, et je lui ai tout expliqué. Elle était tellement excitée ! Elle a décidé de passer nous dire bonjour, puisque c'était l'occasion. Ça fait longtemps qu'on ne l'a pas vue. Je vais lui réserver une chambre d'hôtel, juste à côté de l'appartement, pour qu'elle soit confortable.

Effectivement, cela faisait bien deux ans que je n'avais pas vu Tante Lisa, la sœur de Papa, ni ses enfants, dont j'avais pourtant été assez proche pendant ma petite enfance, et avec qui je m'entendais très bien. Ils habitaient en Bretagne et nous avions l'habitude d'aller leur rendre visite à Pâques ou pour l'Ascension, avec Maman. Mais avec le divorce, les habitudes avaient été un peu perturbées et le temps avait passé très vite. Cette visite était donc une très bonne nouvelle, d'autant qu'elle permettrait de couper le reste du séjour, dans lequel je n'avais pas beaucoup d'espoir d'amélioration pour ce qui était de mon quotidien avec Papa. Heureusement qu'Alizée et la bande ne partaient pas tous en vacances à ce moment-là, je pouvais au moins continuer à les voir de temps en temps.

# CHAPITRE XX

Deux jours plus tard, Maman appela pour avoir des nouvelles.

— Excuse-moi, Nathan, je n'ai pas pu appeler avant, j'ai eu beaucoup de travail ces derniers jours, et avec le déménagement, les visites chez le gynéco, c'était la course. Alors, comment ça se passe avec ton père ?
— Bof, je crois qu'il n'accepte toujours pas. Il n'est pas comme avant. C'est un peu difficile… et puis Léo est parti en vacances maintenant.

— Tu es triste, je comprends. Mais c'est difficile de le forcer à accepter, c'est le temps qui changera ça. Tu veux rentrer maintenant ? L'appartement est presque vide, mais tu pourras dormir chez Yanis, on a presque tout transféré. On doit encore préparer la chambre de ta petite sœur. Je voulais que tu le fasses avec nous, de toute façon.

— C'est gentil, Maman, mais je préfère rester jusqu'à fin août avec Papa, je ne veux pas en rajouter. Et puis, tante Lisa vient nous voir après-demain !

— Oh !? Tu l'embrasseras de ma part, ça fait tellement de temps que je ne l'ai pas vue. Je lui enverrai un faire-part de naissance, elle viendra nous voir lorsque la petite sera née. D'accord alors, on t'attend pour le premier septembre, mon chéri, et ne t'en fais surtout pas pour ton père, c'est à lui de changer, pas à toi.

Je reçus le même jour un message de Léo. Ils étaient bien arrivés, il faisait beau à la montagne, et il y avait même une piscine dans l'hôtel. Ses parents le forçaient, sa sœur et lui, à marcher tous les jours plusieurs kilomètres, mais finalement, il y prenait goût car les paysages étaient magnifiques et au moins, ils ne travaillaient pas, ils avaient du temps pour lui. Il me souhaitait une bonne fin de vacances et me disait que je lui manquais. Il espérait aussi que ça s'arrange avec Papa.

J'aurais tellement aimé qu'il reste plus longtemps aux Sables.

Mon père tenait à présenter Délia à sa sœur, il avait donc demandé à son amie de se libérer pour sa venue, et de rester avec nous pendant son court séjour.

— Et pourquoi on ne ferait pas une sortie en bateau ? Tous les quatre ?
— C'est une bonne idée, ma chérie, mais je t'ai déjà expliqué, depuis l'accident de mes parents …
— Oui, je sais. Mais tu ne peux pas rester bloqué sur cet accident toute ta vie, quand même ! Il faut être courageux, et lorsque tu verras que çà se passe bien, tu n'auras plus peur.
— Je ne sais pas, je vais y réfléchir …

A ma grande surprise, dès le lendemain, Papa annonçait qu'il avait loué un bateau pour la journée du samedi. Délia avait réussi encore une fois à le convaincre d'aller complètement à l'encontre de ses convictions.

Lorsque Tante Lisa arriva, le vendredi en fin d'après-midi, je finissais de faire un montage vidéo avec tous les extraits de films que nous avions réalisés depuis le début des vacances, dont notamment les concerts de Papa, qui prenaient plus de soixante-dix pour cent de la place. Elle nous rapportait quelques spécialités de chez elle, des galettes au beurre que nous aimions déguster avec le café, et des caramels au beurre salé que j'adorais. Je me jetai dans ses bras, certain d'y trouver de l'affection.

— Ah ! Voilà mon neveu préféré ! Alors comment vas-tu ? Et ces vacances ?
— Super, Tante Lisa. On va te raconter tout ce qu'on a fait ! Et tu vas voir Papa chanter, on a préparé les films.
— J'ai hâte ! Lorsque je t'ai vu à la télévision, Fabien, ça m'a fait un choc, tout de même !
— Et ce n'est peut-être pas fini, tu sais, je suis en contact avec un producteur pour un disque ! Enfin, rien de sûr pour l'instant. Viens, je te présente Délia, mon amie.
— Enchantée, il paraît que vous êtes chanteuse, vous aussi ?
— Oui, c'est ça. Bonjour Lisa. Je suis très contente de vous rencontrer.

Les présentations étant faites, il ne nous restait plus qu'à passer du bon temps ensemble, et à profiter de la soirée. Papa avait l'air heureux, lui aussi, de revoir sa sœur. Certes, ils s'étaient beaucoup disputés pendant leur enfance, mais le temps les avait ensuite rapprochés, en particulier après le décès de leurs parents, qui avait été un choc. Justement, il lui indiqua ce qu'il avait prévu pour le lendemain.

— J'ai loué un bateau pour faire une sortie, on emmènera un pique-nique !
— Un bateau ?
— Oui, c'est Délia qui a eu cette idée, et je trouve qu'elle est très bonne.

Tante Lisa regarda Délia, se demandant sans doute si la jeune femme était au courant du drame, mais elle ne fit aucune remarque. Elle connaissait l'aversion de son frère pour le bateau, et semblait simplement surprise.

La soirée fut très réussie, axée principalement sur les prestations de Papa, qui firent beaucoup d'effet auprès de notre invitée. Les deux femmes semblaient s'entendre assez bien, elles riaient et discutaient ensemble comme deux amies. Après cela, nous sortîmes tous les quatre pour faire un tour sur la promenade, et accompagner Tante Lisa à son hôtel.

Je ne sais pas si elle se rendit compte qu'entre mon père et moi, quelque chose avait changé. Elle ne savait pas pour mes préférences sexuelles, ce n'était pas un sujet que nous avions eu l'occasion d'aborder auparavant, même si nous avions toujours eu des discussions assez ouvertes. J'aurais aimé pouvoir lui en parler, si cela avait été possible, car j'avais confiance en elle et j'étais sûr qu'elle aurait compris. Mais là, devant mon père, je ne pouvais pas.

Vers les dix heures le lendemain matin, nous étions devant le bateau, prêts à embarquer. J'observais mon père du coin de l'œil. Il ne disait rien, mais je voyais à son air perplexe, qu'il n'était pas à l'aise. Il avait l'air de se demander pourquoi il s'était laissé convaincre, mais c'était un peu tard pour reculer. En même temps, il s'efforçait de sourire à Délia, qui ne cessait de lui lancer des regards d'encouragement. Le temps était au beau, il n'y avait qu'une légère brise. Tante Lisa, elle, semblait enchantée de cette sortie, et préparait déjà sa serviette, crème solaire et petite tenue qu'elle avait pris soin de fourrer dans un grand sac avant de quitter son hôtel.

— Tu as bien dormi, Tante Lisa ?

— Très bien, Nathan, j'étais épuisée. Merci pour la chambre, Fabien, c'est vraiment très confortable, il ne fallait pas.
— Ça me fait plaisir de m'occuper un peu de ma petite sœur, ce n'est pas si souvent.
— Maintenant que tu vas devenir un grand chanteur, je me sens encore plus petite devant toi. Je suis tellement fière !
— Allons, rien n'est gagné, tu sais ce que c'est ! Mais c'est un bon début !
— Et je suis très fière aussi de mon neveu. Nathan, tu es doué en informatique, et de plus en plus mignon. Tu dois faire des ravages auprès des filles !

Je devins tout rouge, et n'osai pas regarder mon père. Heureusement, elle ne vit rien et grimpa sur le bateau lestement, en bonne Bretonne qu'elle était devenue. Nous la suivîmes, Délia tenant fermement la main de Papa.

— On monte ensemble, Fabien ?

Une fois tous embarqués, il restait à décider qui allait conduire le bateau, puisqu'on nous en avait indiqué le fonctionnement, qui était d'une grande simplicité. J'avais mon idée là-dessus.

— Et si on faisait à tour de rôle ? J'aimerais bien le conduire un peu aussi. Papa, ce serait peut-être bien que tu commences.
— Nathan a raison, prends les rênes, Fabien.
— Vous croyez ?
— Oui, c'est mieux.

Délia pensait, tout comme moi, que s'il était en position de contrôle, plutôt que passif, il serait plus à l'aise. Tante Lisa, de son côté, ne donnait pas son avis. Elle avait hâte de partir.

— On a beau vivre en Bretagne, on n'a pas toujours le temps de faire des balades en bateau. C'est une excellente idée !

Papa s'installa donc au poste de pilotage. Il prit son temps, se cala bien au fond du siège, qu'il régla plusieurs fois pour la hauteur et la distance avec la barre, et vérifia si tous les boutons fonctionnaient bien.

— Le loueur a bien dit que le bateau venait juste d'être contrôlé ?

— Oui Fabien, et il est tout neuf, ce bateau, il n'y a rien à craindre.

Après quelques secondes supplémentaires de concentration, il se décida à tourner la clé, et le moteur se mit en route au quart de tour. Nous étions tous autour de lui, prêts à prendre le relais si cela s'avérait nécessaire. Le bateau quitta le quai, je me chargeai de récupérer la corde d'amarrage, et nous nous éloignâmes doucement. Papa était toujours concentré sur son cap, et sa tête semblait vissée à son corps, la nuque et le dos raides. De temps en temps, Délia lui passait la main dans le dos pour le rassurer, alors que Tante Lisa et moi nous allongions à présent sur le pont avant, aménagé en petite terrasse. Elle s'était dévêtue discrètement et avait enfilé un maillot de bain rouge et bleu, ainsi qu'un chapeau de paille. La parfaite estivante.

— Ton père a l'air de surmonter l'épreuve. Je ne pensais pas qu'il remonterait sur un bateau un jour.

— C’est Délia qui l’a convaincu. Ils s’entendent bien, il lui fait confiance.
— C’est bien pour lui, et toi, tu en penses quoi, de cette Délia ?
— Très sympa, je suis très content pour lui.
— Et ta mère, elle va bien ?
— Elle est enceinte, elle va accoucher en novembre d’une petite fille.
— Vraiment ? Oh, mais quelle nouvelle ! Tu vas avoir une petite sœur !
— Oui, et on va habiter chez son nouvel ami, à Angoulême, dans sa maison.
— Tu l’embrasseras bien de ma part, et qu’elle en profite, surtout.
— …Tante Lisa ?
— Oui ?
— Qu’est-ce que tu penses de l’homosexualité ?
— … Heu ! Pourquoi tu me demandes ça ?
— Comme ça. Je crois que Papa est contre.
— On ne peut pas être contre, c’est un fait, ça existe. Mais je ne savais pas qu’il avait une idée arrêtée là-dessus.
— Alors c’est peut-être parce que c’est moi qui suis concerné.
— Tu es homosexuel ?
— Je crois que oui.
— Ah ! Je comprends. Mais alors, disons que s’il s’agit de son fils, il a peut-être plus de mal à l’accepter.

— Pourquoi ?
— Je ne sais pas, ça touche à l'image qu'il a de lui-même, j'imagine. Ou quelque chose comme ça. Et puis, nos parents ne nous ont pas préparés à ce genre de situation, ils n'étaient pas très ouverts. Maman, en particulier, était très libre elle-même, mais très peu tolérante avec les autres. C'est compliqué, mais si tu veux, j'essaierai de lui en parler.

Le bateau continuait son chemin, Papa était toujours à la barre, il avait l'air de se détendre. Je me levai et m'approchai de lui.

— Tu veux prendre le relais, Nathan ?
— Oui, je veux bien.

Je m'installai donc à mon tour sur le siège et laissai mon père rejoindre les femmes, qui prenaient à présent le soleil. Il gardait tout de même un œil sur moi, l'air de rien. J'étais le capitaine, je regardais au loin, comme dans les histoires de pirates ou d'aventuriers. Porté par mon enthousiasme, je poussai un peu la vitesse, histoire de m'y croire vraiment. Sans m'en rendre compte, je m'approchai des rochers, qui apparurent au dernier moment, sur ma droite. Je changeai aussitôt de direction, mais mon père ne me laissa pas le temps de me reprendre complètement.

— Tu es dingue, ou quoi ? Tu veux nous foutre en l'air ? Lâche cette barre, laisse-moi faire ! Retourne à ton papotage entre filles !

Il s'était levé d'un bond, et avait surgi dans le poste de pilotage, comme un fou. Il me poussa hors du siège et prit ma place, furieux et le visage durci par la colère.

# CHAPITRE XXI

Malgré les protestations de Délia et Tante Lisa, Papa voulait absolument rentrer immédiatement au port.

— Mais enfin, Fabien, calme toi, tu es ridicule, Nathan était tout à fait capable de conduire.
— Il a failli nous faire heurter les rochers ! C'est trop dangereux, on rentre.
— Non, Fabien, on ne rentre pas, la balade n'est pas terminée. Arrête le moteur si tu veux, on se pose un moment.

Délia faisait preuve de beaucoup de fermeté avec Papa. Surpris, il regarda Tante Lisa, qui soutenait la jeune femme et ne voulait pas rentrer non plus. Il coupa le moteur.

— Excusez-moi. Excuse-moi, Nathan. J'ai eu peur. Je regrette ce que j'ai dit.

Vexé et furieux à mon tour, je ne répondis pas et descendis m'enfermer un moment dans les toilettes pour passer mes nerfs. Je ne pouvais pas quitter le bateau, alors c'était le seul endroit pour être tranquille. Sous le coup de la colère, je donnai un coup de poing dans la porte du placard haut, qui se dégonda sous le choc. Mais bordel de merde ! Comment pouvait-il me parler comme cela ? Il me prenait toujours pour un gamin, j'en avais assez.

Après quelques minutes, Tante Lisa vint frapper à la porte.

— Viens, Nathan. Il s'est excusé, et je lui ai parlé. On sait bien que cette histoire de rochers, c'est une excuse, ce n'est pas ça le vrai problème. Je lui ai dit que, si j'avais bien compris, c'était grâce à toi qu'il avait repris la scène avec succès. Et lui, il t'en veut pour quelque chose qui ne le regarde même pas, c'est un comble !

Je sortis, le visage défait. Sur le pont, Papa était assis et regardait vers le large. Il s'excusa encore une fois, et je m'installai à mon tour, un peu à contrecœur, pour le déjeuner.

Nous rentrâmes de la balade en fin de journée, comme prévu. Ce furent Délia et Tante Lisa qui assurèrent la conduite, ni mon père ni moi ne souhaitant reprendre la barre. Nous ne nous adressâmes pas la parole une seule fois. Heureusement que les deux femmes étaient là, pour que l'ambiance ne tourne pas à la morosité. Grâce à leur bonne humeur, la sortie n'était pas complètement gâchée.

Finalement, cette balade, si elle n'avait pas arrangé la relation entre mon père et moi, lui avait permis de dépasser ses craintes pour le bateau. Il ne paraissait plus avoir peur, il se montra serein jusqu'à ce que nous quittions l'embarcation pour nous retrouver à nouveau sur la terre ferme. Tante Lisa proposa d'aller se changer, et de se retrouver pour le dîner, avant que Délia ne reparte. Quant à elle, elle ne quitterait les Sables que le lendemain matin, pour Biarritz.

— Je vous invite au restaurant ! Faites-vous beaux.

Nous ne parlâmes plus de l'incident du bateau. La soirée fut calme et Délia nous quitta après le dîner, pour rejoindre son groupe à Saint Hilaire de Riez.

Je rentrai donc seul avec Papa, après avoir raccompagné Tante Lisa avec regret à son hôtel, et l'avoir discrètement remerciée pour son soutien.

— On se reverra bientôt ! Pour la naissance de ta petite sœur, nous viendrons vous voir. Et surtout, ne fait pas attention, pour ton père. Il est un peu dur, mais il va comprendre, laisse-lui le temps.

Le temps ! le temps ! Je lui laissais, le temps ! Mais rien ne changeait. Je ne traînai pas ce soir-là et me couchai rapidement, avec un sentiment mitigé de tristesse et d'espoir déçu.

Les jours suivants ne m'apportèrent pas la libération que j'attendais. Papa, s'il se montrait toujours aussi heureux de sa nouvelle vie de chanteur amoureux de Délia, ne semblait pas parvenir à me regarder à nouveau comme avant, comme un fils complice et affectueux. Aux messages de Léo qui me demandait si cela s'arrangeait, je répondais que c'était couci-couça. Il devait rentrer bientôt, mais nous avions convenu de ne pas nous revoir avant mon départ, ni même nous appeler, pour ne pas rendre les choses encore plus difficiles. Je continuais à fréquenter Alizée et son groupe, qui s'était reconstitué en presque totalité en cette fin de mois d'août. Elle voyait bien que ce n'était pas la grande forme, mais comment m'aider ?

— Dans deux ans, tu pourras faire ce que tu veux de ta vie. J'espère qu'on se reverra, l'été prochain ?
— Je ne sais pas, j'espère aussi.

La date du retour approchait, nous reprendrions bientôt la route mon père et moi, pour rentrer à Angoulême, lui dans sa maison et moi chez Yanis. Nous avions prévu dès le début des vacances de repartir le premier septembre, et depuis, la date n'avait pas été modifiée. Nous étions le vingt-neuf août, Léo rentrait le lendemain, j'avais le cafard malgré un très beau concert de Papa la veille au soir dans un joli club du nord de la ville. Il était dans la cuisine, et moi juste à côté, dans le séjour.

— Nathan ! Je voudrais te dire quelque chose, viens.

Enfin ! Papa avait envie de me parler. Me dire qu'il me pardonnait, ou bien me dire qu'il ne me pardonnerait jamais, mais au moins, dire quelque chose.

— Voilà, nous devions rentrer tous les deux ensemble, mais je ne vais pas rentrer avec toi.
— Ah bon ?
— Non. J'ai encore des propositions de concerts, des projets qui s'amorcent. Il faut que je reste ici, le temps de voir si tout ça donne quelque chose ou pas.
— D'accord.
— Donc je t'emmènerai au train, tu auras un changement, et ta mère viendra te récupérer là-bas, si ça te va.
— Oui, très bien.
— De toute façon, je reviendrai à Angoulême à un moment donné, je vous tiendrai au courant.

Il n'était donc pas question de moi ici, mais toujours de lui. Finalement, les vacances se terminaient sur cette note amère, je n'aurais pas droit à la réconciliation dont je rêvais. J'appelai ma mère, qui avait été mise au courant la veille, et qui me confirma qu'elle m'attendrait à la gare à mon arrivée.

Plongé dans une profonde noirceur, le lendemain, je ne résistai pas et appelai Léo, qui venait d'arriver.

— Je voudrais te voir, ça ne va pas trop.

Il finit par accepter, et me donna rendez-vous au jardin public, à l'endroit habituel où nous avions l'habitude de nous retrouver. Ce fut un moment de douceur salvatrice, qui raviva mes sentiments pour lui et me permit de souffler et de retrouver un peu de joie de vivre. Je me confiai et vidai mon sac, plein de rancœur et d'amertume contre celui qui aurait dû être mon principal soutien, et qui me méprisait. Puis je me lovai contre mon ami.

— On pourrait se revoir demain, c'est le dernier jour. Après tout, tant pis pour après, on en bavera mais on aura profité jusqu'au bout.

Nous passâmes donc ma dernière journée aux Sables ensemble, à marcher sur la plage, s'enlacer dans les jardins publics, boire et manger des bricoles et parler de tout et de rien, surtout pas du lendemain. La séparation, en toute fin de journée, fut encore plus difficile que ce que nous avions imaginé.

Je rentrai donc à Angoulême seul. Papa m'avait conduit à la gare, et accompagné jusqu'à ma place où il m'avait laissé avec ma valise, un baiser de circonstance sur la joue, et un au revoir un peu las. Etait-il soulagé de me voir partir enfin ? Je ne sais pas. Je me sentais impuissant, incapable de le convaincre de me laisser une chance. J'étais sonné et abattu, autant par la séparation d'avec Léo que par la façon dont les vacances s'étaient terminées avec mon père. Lorsque Maman me récupéra, quelques trois heures après, elle vit tout de suite que rien n'avait changé depuis qu'elle nous avait quittés aux Sables. Elle était désolée de me voir dans un tel état de déprime.

— Eh bien, mon chéri ! Quelle histoire ! Viens, on va rentrer, je t'ai préparé des tas de choses, et tu vas voir ta chambre, comme elle est belle. On est très contents que tu sois avec nous, Yanis et moi.

Papa nous appela quelques minutes après, pour savoir si j'étais bien arrivé. Il indiqua qu'il serait toujours joignable, si besoin. Maman était en colère après lui, mais elle ne laissa rien paraître.

— D'accord, Fabien, bonne continuation dans tes projets.

Nous arrivâmes chez Yanis, dont je ne connaissais pas la maison, et je découvris ma nouvelle chambre, aménagée dans le garage, très belle et grande, effectivement, avec un coin informatique rien que pour moi. Je ne pus retenir une exclamation d'admiration.

— Wouuaaaaah !
— Tu es content ? Et tu as vu, c'est ce qu'on fait de mieux, le haut-de-gamme !
— C'est géant !

La rentrée, deux jours après, se passa bien. J'étais dans une bonne classe, je retrouvais mes amis, et le soir, j'avais tout loisir de développer mes compétences informatiques à la maison. Je n'avais pas eu de nouvelles de Léo, et je n'avais pas essayé d'en avoir, c'était trop difficile, surtout, de ne pas savoir quand nous pourrions nous revoir. Le jeudi en fin de journée, j'accompagnai ma mère et Yanis pour l'échographie des sept mois. Je vis ma sœur sur l'écran, elle bougeait, elle était superbe, ce fut un des moments les plus émouvants de ma vie. Quelques jours passèrent, et un soir, alors que nous étions devant les informations avec Yanis et Maman, le présentateur annonça un fait divers, qui nous fit immédiatement sursauter. Maman en lâcha son verre de vin, qui tomba sur la moquette du salon et se vida en formant une grosse tâche rouge.

« ... *un accident de bateau inexplicable, aujourd'hui même, aux Sables d'Olonne. Les plaisanciers, un couple de quadragénaires, sont morts dans les flammes de leur embarcation, louée pour la journée et pourtant en parfait état de fonctionnement, d'après le propriétaire. Ils auraient navigué trop près des rochers et auraient heurté ceux-ci avec force, causant l'explosion du réservoir. D'après les habitants, un accident similaire s'était produit il y a huit ans, sans que personne n'ait jamais réussi à l'expliquer. Pour l'instant, nous n'avons pas d'autre information. Passons maintenant à la météo* ... »

Nous étions affolés. Chacun de nous pensait à Papa et Délia, qui avaient tout à fait pu louer un bateau pour la journée et à qui il était arrivé la même chose qu'à mes grands-parents. Le téléphone sonna, Maman se précipita. Sa voix s'étranglait.

— Allo ?!
— Bonjour Elise, c'est Lisa.
— Ah ! Bonjour Lisa, tu as vu les infos ?
— Oui, et j'ai essayé de joindre Fabien, mais il ne répond pas.
— Attends, Yanis est en train de l'appeler. On n'a pas eu le temps encore, on a été trop surpris… Non ? Ça ne répond pas, désolée.
— J'y vais, je pars pour Les Sables.
— Ok, on se tient au courant, le premier qui a des nouvelles.
— Bien sûr.

C'était la pire chose qui puisse arriver. Je tremblais de peur dans mon coin, pendant que Maman cherchait du réconfort dans les bras de Yanis, décomposé lui aussi. Pourquoi ne pouvait-on pas le joindre ? Cette histoire de bateau, c'était une malédiction.

Une heure passa ainsi, nous tentions toutes les cinq minutes de joindre Papa, sans succès. Nous laissions des messages, demandions de nous rappeler au plus vite, en vain. Je n'avais pas le numéro de téléphone de Délia. Tante Lisa allait arriver aux Sables d'ici deux bonnes heures seulement, l'attente était insupportable, Maman disait qu'elle allait se sentir mal et que le bébé allait sortir sans prévenir. Nous ne savions où appeler, qui contacter pour avoir confirmation de l'identité des victimes. Papa était peut-être mort, et nous n'avions pas eu le temps de nous voir pour nous réconcilier avant, c'était affreux.

Tout à coup, quelqu'un sonna à la porte. J'allai ouvrir, et criai de surprise.

— Papa !!

Je me jetai dans ses bras, pendant que Yanis et Maman arrivaient en courant. Elle se joignit à moi, mon père faillit tomber à la renverse.

— Eh bien, je m'attendais à un accueil civilisé, mais là, tout de même ! Qu'est-ce qui vous arrive ?
— On a cru que tu étais mort !
— Mort ? Mais pourquoi ?
— Il y a eu un accident de bateau aux Sables, et on n'arrivait pas à te joindre.

— J'ai conduit d'une traite, je suis parti en fin d'après-midi, mon téléphone était déchargé. Tu m'avais donné l'adresse, alors …
— Mais qu'est-ce que tu fais là ? Pourquoi tu ne nous as pas prévenus ?
— Je voulais absolument voir Nathan. Mais avant, je peux utiliser la salle de bains ? Et puis, j'ai soif, aussi.
— Bien sûr, vas-y, c'est par là. On t'attend. Je te sers un verre d'eau pendant ce temps.

Les minutes qui s'écoulèrent pendant que Papa se rafraîchissait me parurent des heures. Nous étions heureux de voir qu'il allait bien, mais qu'est-ce qui avait bien pu le pousser à parcourir aussi vite tout ce chemin pour me voir ? Une fois de plus, il allait sans doute nous annoncer qu'il devait partir loin, ou peut-être avoir un enfant lui aussi ? Ou je ne sais quoi qui le concernait.

Il reparut enfin, frais et souriant malgré la fatigue. Il but son verre d'eau et prit le temps de respirer profondément, comme s'il devait rassembler son courage. Puis, alors que Yanis s'éloignait pour nous laisser discuter tous les trois, il posa son regard sur moi.

— J'ai pris conscience tout à coup que je n'avais pas été correct avec toi. Nathan, je t'aime, tu es mon fils. J'ai été choqué lorsque je t'ai vu avec ton ami Léo, mais ce n'était pas contre toi que j'en avais, plutôt contre moi. Je m'en voulais de ressentir pour toi ce que ma mère ressentait pour moi. Je me suis retrouvé projeté à ton âge, lorsque la musique commençait à prendre le pas sur mes études, et que ma mère me disait que je ne ferais jamais rien de bien de ma vie. Je ne correspondais pas à ce qu'elle attendait, et elle me méprisait pour ça. Elle était tellement dure. Cette façon que j'ai de disparaître, lorsqu'il y a un problème, je la tiens aussi de mon enfance, lorsqu'elle me disait des choses tellement injustes, que je ne savais pas comment faire autrement que de m'en aller. Mais Léo est passé à l'appartement aujourd'hui, avec ses parents. Ils m'ont expliqué comment ils avaient vécu les choses, j'ai tout compris. Excuse-moi, Nathan, c'est grâce à toi si je chante aujourd'hui, tu es le fils le plus parfait dont je puisse rêver.

Je me serrai contre lui, de bonheur et de soulagement. Enfin, nous nous retrouvions.

# EPILOGUE

Aujourd'hui, j'ai quarante ans. Papa est parti il y a cinq ans et trois jours, il avait cinquante-huit ans. Une maladie foudroyante l'a emporté, au sommet de sa gloire, après des années de concerts, de disques et de succès.

A son retour des Sables, après ces fameuses vacances, l'année de mes seize ans, nous avons repris une vie de garde partagée avec ma mère jusqu'à mes dix-huit ans, lui s'étant installé avec Délia aux Sables d'Olonne, définitivement. Je le rejoignais pour toutes les vacances, et nous faisions de longues sorties en bateau. Plus tard, j'allais le voir en concert lorsque c'était possible, en France, puis à l'étranger. Je l'ai accompagné plusieurs fois pour assister à l'enregistrement de ses disques, et pour gérer la partie informatique. Il était devenu une star de la chanson française.

Ma petite sœur, Anaé, est arrivée à la date prévue, en novembre de cette année là. Aujourd'hui, elle a vingt-quatre ans, elle travaille dans une bijouterie. Moi, je suis informaticien, je fais du développement et j'ai créé ma propre société il y a neuf ans. Ça marche très bien. Lorsque Papa est mort, je me suis installé aux Sables, chez lui, avec mon futur mari, Jonathan, que j'ai rencontré dans une soirée. Il est artiste-peintre, nous lui avons trouvé un atelier, à quelques pas de l'appartement. Pour nos fiançailles, il y a six ans, il y avait tout le monde, et mon père était fier comme un paon. Il a chanté toute la nuit. Même Léo est venu, je l'avais rencontré par hasard, aux Sables, où il revient chaque année pour les vacances, avec son ami, et je les ai invités. Jonathan et moi allons nous marier cette année, nous n'avions pas eu le temps de nous en occuper avant. J'aurais tellement aimé que mon père soit là.

Maman est toujours avec Yanis, ils se sont mariés aussi, peu après la naissance de ma sœur. Ils travaillent toujours comme des dingues, ensemble, à Angoulême, et ne sont pas prêts d'arrêter.

Perdre Papa aussi tôt, et aussi brusquement, ce fut un drame pour moi. Mais je savais qu'il ne regrettait rien, il avait réalisé son rêve, et même bien au-delà, il est parti serein, comblé.

Il faut toujours essayer, et tenir bon, même si les choses nous semblent difficiles, si on pense qu'on va échouer, si on veut nous faire renoncer, pour de bonnes ou de mauvaises raisons. Echouer, ce n'est pas perdre, au contraire. Echouer, c'est gagner une nouvelle chance de réussir.

A ce jour, l'enquête sur les mystérieux accidents de bateau aux Sables n'a toujours rien donné.

ISBN de la version papier : 9791096121120
Dépôt légal : septembre 2017

## REMERCIEMENTS :

*Je remercie ma famille et mes proches, voisins, connaissances, de m'avoir inspiré cette histoire.*

*Merci aux lecteurs pour leur attention. Si vous en avez la possibilité, vous pouvez laisser un commentaire sur le site d'achat, sur les réseaux sociaux, et parler de ce livre autour de vous si vous l'avez aimé.*

*A bientôt !*

Printed by Amazon Italia Logistica S.r.l.
Torrazza Piemonte (TO), Italy

27982590R00155